花花世界
——香港美食篇

目°錄°

黎明前後

中式百味

情懷，快樂時代

意式節奏

日本風情

情迷韓國

尋味東南亞

黎明前後

正宗上海味道
上海美華菜館

位於土瓜灣的上海美華菜館

在香港想吃正宗的上海早餐，要到土瓜灣的美華菜館去。

鹹豆漿和粢飯是必吃的。鹹豆漿的材料很豐富，熱燙的豆漿中有蝦皮、葱花和油炸鬼，再放入豉油、浙醋和麻油，入口香滑暖胃，在冬天的早上，吃上一碗感覺全身暖洋洋。粢飯內有榨菜、肉鬆和油條，圓滾滾的一大條，要剪成一半方便進食。奇怪油條為何仍這麼脆卜卜，秘密就是把油條再炸一遍，回炸，我笑稱這是「老油條」。他們的粢飯很受歡迎，常常在早上一下子就賣完了，跟老闆相熟的話，可以打電話通知預留，我時常吃完再外帶給同事或家人。

鹹豆漿材料豐富，有蝦皮、葱花和油炸鬼等。

油條脆卜卜的秘密是回炸，我笑稱「老油條」。

油豆腐的粉絲吸了湯汁的精華，吃得很滋味。

燻魚做得很出色

　　上海小吃鳳尾魚和燻魚同樣做得出色，鳳尾魚這道菜已很久沒見過了，它炸得十分香脆，一尾接一尾吃個不停。點了油豆腐粉絲，粉絲吸了湯汁的精華，吃得很滋味。聯想起多年前尖沙咀的一品香，那個銅爐足有一張大圓飯桌那麼大，裏面放滿了油豆腐粉絲的材料，爐火熱着一碗碗地舀給客人，那個味道是吃了以後就會永遠難忘。以前的一品香還在門口放滿一格格、一盤盤的涼拌菜，感覺很震撼；當今已看不到這個景象，很可惜。他們的玻璃肉，就是一塊塊的肥豬肉，味濃甘香，也令我念念不忘。

鳳尾魚炸得十分香脆

特意請老闆娘幫我燉的
蛤蜊燉蛋

　　很多人愛吃鍋貼時加醋，常分不清調味架上哪是醋哪是醬油，以我經驗大瓶的一定是醋，因為很多人會吃，相反小瓶是醬油，太鹹沒多少人會採用。

　　葱油餅和薄餅一樣有厚有薄，在外邊吃到的，永遠是不夠葱，葱是最便宜的東西但卻放得很少，所以要吃葱油餅我會自己在家做，下大量的葱吃個痛快。

　　輪到傳統上海名菜蛤蜊燉蛋出場了，和老闆娘相熟，所以特意請她幫我燉的。當今去到上海點這道菜，

已經沒有多少廚師會煮了，他們煮出來的，是把幾個蛤蜊浮在最上面，完全不是那回事。這道菜一定要用深的碗，蛤蜊要沉在碗底，燉到剛剛好時在碗底爆開，卜的一聲鮮甜的汁混在蛋液裏，但最難控制就是把蛋燉得又滑又鮮味，成功了就是美味的最高境界。這種只有媽媽才懂得做的家常菜，從前的媳婦把蛤蜊燉蛋煮得出色的話，就會得到婆婆的讚許。

　　住在香港很幸福，在上海也吃不到的傳統蛤蜊燉蛋，卻能在美華吃得到這人間美食。

上海美華菜館

地址：土瓜灣美善同里 13 號地下
電話：2715 0762

山中自有鳥茶居
端記茶樓

來端記喝早茶，一定要早來，
遲來的話車子就沒位停泊了。

約了朋友去大帽山端記喝早茶，一到達便聽到很多雀鳥的叫聲，循着牠們的歌唱聲進入了茶樓，發現分為公區和乸區，雀公雀乸各據一方，真有趣。

在這裏邊喝茶邊欣賞雀鳥的歌聲，喜歡雀鳥的人一定十分享受。奇怪是有些鳥籠被布掩蓋着，原來是牠們害怕人。另一角老闆飼養的雀鳥，關在兩個超巨型的鳥籠內給客人觀賞。牆上貼有一塊白板寫着：「川龍雀鳥觀賞會畫眉積分表」，是一眾同好在這裏舉行的畫眉歌唱比賽，十分休閒。雖然我不養雀鳥，但很喜歡這裏的氣氛。

茶樓的點心很傳統，有老式的炸雲吞、煎堆仔、春卷；茶葉是普洱、壽眉、水仙和香片。無論是點心還是泡茶，都是自助形式，自己動手沒有侍應招呼。他們也醃製鹹柑桔販賣，客人不用自己動手做，買瓶回去十分方便。

無論是取點心還是泡茶，都是自助形式的。

端記的點心很傳統，有老式的炸雲吞、煎堆仔和春卷。

特別的點心喜餅，外形像馬拉糕但更軟腍。

　　早餐我習慣吃飯，先來一盅鹹魚肉餅飯，再來叉燒腸粉和齋腸；怎少得蝦餃、鳳爪、腐皮卷和蒸排骨。比較特別的點心是喜餅，外形很像馬拉糕，但更軟腍。雖然食物質素一般，但是喝茶不一定是追求食物質素，也可以欣賞周圍的環境，聽聽雀鳥唱歌，呼吸新鮮空氣，自由自在地取自己喜歡的點心，我喜歡這種無拘無束的氣氛。大點二十五個大洋，中點十八個大洋，

花花世界——香港美食篇

鳳爪排骨和鹹魚肉餅蒸飯

有自家醃製的鹹柑桔販賣

叉燒腸粉

　　小點十五個大洋，在陸羽茶室吃一碟的價錢，可以在這裏吃三至四碟了，很划算。

　　必吃的是這裏的西洋菜，自己動手摘完交茶樓用上湯灼一下，新鮮爽脆非常美味，我每次吃完都會再買些回家。即摘真的很爽脆，在清洗的過程中容易折斷，我第一次清洗時，就把全部菜都弄斷了。

大帽山特產之一合掌瓜，用上湯灼一下，新鮮爽脆非常美味。

　　大帽山除了出產西洋菜外，另一特產很少人知道的，便是合掌瓜。這些蔬果都沒有落農藥，只會貼塊黃色的黏貼紙來防治害蟲，大家可以放心食用。合掌瓜又分有刺和無刺的，有刺的較為軟身，無刺的較為爽脆，但論清甜有刺的勝過無刺，以後買合掌瓜就要懂得分辨了。

　　山水豆腐花也是必吃的，水質好做出來的豆腐花就香滑，同樣是自助式，盛多少很隨意，糖水黃糖任

必吃的山水豆腐花

君選擇，一到手忍不住先吃一口，的確與別不同。

喝完早茶，看見一位太太在販賣自家種植的蔬果，西洋菜、菜心、番茄、節瓜、合掌瓜等，挺新鮮的，又買了一些回家。

在香港只有少數的點心師傅會自家製作，端記仍保留這傳統，所以要來喝早茶的話，一定要早來，因為遲來的話車子已沒位停泊，其次清晨才有氣氛，吃個閒適的早餐是美好一天的開始。

端記茶樓

地址：荃灣荃錦公路川龍村 57-58 號

電話：2490 5246

最佳午夜點心店
新興食家

新興在凌晨三時半就開始營業了

以前香港很貧窮，大家清早為生活奔波時，很多茶樓已開門營業。

當今生活變好，大家變得晚起床；對於我們這些早起的人，要找喝早茶的地方就很難了，只剩下這一間，凌晨三時半開始有早茶，所以被 CNNgo 等平台，評選為「最佳午夜點心」。

牆上貼有各款點心的價錢，不少城中名人的推介等等，證明廣受歡迎。

開放式廚房，整個製作過程一覽無遺。好的茶樓都是自助形式，自己拿點心和沏茶，普洱、壽眉、水仙和龍井等供客人選擇。

客人自助沏茶，普洱、壽眉、水仙和龍井等供選擇。

燒賣賣相不錯份量十足

號稱全港第一大巨型的雞扎

　　燒賣賣相不錯份量十足，雞扎也不遑多讓，點心
師傅號稱它是全港第一大，很巨型。

　　我極力推薦這裏的蒸排骨，熱騰騰出爐就被店員
捧着出來叫賣，當然即來一盅。蒸排骨這點心，在外
邊吃到的多是淡而無味色澤慘白，但這裏的蒸排骨，
肉質新鮮味道十足，食材新鮮就最好吃了。

蒸排骨肉質挺新鮮

花花世界——香港美食篇

很受歡迎的古法炮製流沙包，流沙幼滑多汁。

非吃不可的咖喱金錢肚

用新鮮雞肉做的棉花雞，魚肚吸滿了雞汁的精華。

　　古法炮製的流沙包，也很受歡迎，流沙幼滑多汁，好吃好吃！

　　另一樣非吃不可的是咖喱金錢肚，味道是全港獨一無二的。

　　棉花雞用上新鮮雞肉，雞油的味道全滲進去，魚肚吸滿了雞汁的精華，一咬，滋味無窮！

招牌點心懷舊大包，價錢便宜材料豐富。

懷舊大包

蝦餃皮是自家手工搓成，來自越南的白玉蝦，肉質較爽。

花花世界——香港美食篇

　　懷舊大包和普通包的體積一比拼，發現不止大上一倍，但價錢卻屬小點，只賣十八個大洋，非常平民化。相比其他酒樓之下明顯便宜得多，不知他們如何經營？非找第二任老闆興哥問問不可。

　　「這大包只賣十八元會虧本嗎？」我問。

　　忠厚的興哥笑道：「是呀，我們的大包只賣十八元，服務街坊嘛，同時這也是本店的賣點。」虧本也要服務街坊，這樣的老闆很好。

　　另一賣點是這店的辣椒醬全自家製作，喜吃辣的客人不妨試試。

　　招牌菜之一蝦餃也做得很用心，比例掌握得挺好。蝦餃皮是手工搓成的；蝦是來自越南的白玉蝦，肉質較爽，沒有渣滓。要控制好蒸的時間，如果蒸太久會略為偏鹹。

　　想吃個酒足飯飽，這裏的盅頭飯有北菇蒸雞飯、排骨飯和鹹魚肉餅飯，中午就賣套餐客飯。

盅頭飯有北菇蒸雞飯、排骨飯、鹹魚肉餅飯。

　　抬頭發現牆上寫着「萬眾期待　滋味重現」八個大字的牌子，對沒來過的客人來說會不明所以，但原來是有這樣的一個典故：因為食店之前經常被人加租，所以搬過很多地方，結果來到這裏，而這個業主很有良心租金便宜，所以便有這塊牌子。

　　第一任老闆海叔已逾九十歲，勞碌半生本已退休的他，眼看難以招聘人手來頂更，決定東山復出幫助

兒子，每日工作八至九個小時，仍然精神奕奕，一家人同心合力地經營。

雖說是最佳半夜茶樓，但食物的水準是一流的，價錢卻比大帽山茶樓便宜。在香港應該要有更多這些適合普羅大眾的食店。

這店還有一個有趣的地方，就是明文規定，堂食限時四十五分鐘。這營業模式真厲害，好玩！

新興食家

地址：香港西環士美菲路 8 號地下 C 舖

電話：2816 0616

太平山上的英印早餐
Rajasthan Rifles

Rajasthan Rifles 餐廳位於山頂，建築風格充滿殖民地特色，營造出印度軍營食堂的感覺。

人們常說香港吃精品早餐的地方愈來愈少，我覺得只是大家沒有去尋找，只要肯花時間就肯定會找到。

約了朋友去 Rajasthan Rifles 吃早餐，餐廳位於山頂，雖然地點較偏僻，但能俯瞰維港美景，有種遠離塵囂的悠閒。

播放着悠揚的懷舊爵士音樂，建築風格充滿殖民地特色，營造出印度軍營食堂的感覺；有多款美味精緻的食物，主要是印度菜。

我點了印度烤餅，印度的烤餅很可口，最著名的印度圓形烤餅叫 Naan，另一款是 Chapati，體積小一點的叫 Roti。印度烤餅非常百搭，我挺喜歡配合雞蛋

印度圓形烤餅

印度圓形烤餅配香腸、煙肉和雞蛋

進食。印度薄餅是去馬來西亞旅行時必吃的，在香港反而較難找到上品，這裏的印度薄餅味道很不錯，塗一些薄荷醬吃更有風味。

雞蛋類菜式有印度奄列和炒碎蛋。印度奄列源自英國文化，然後再加入了豆角、番茄等食材；炒碎蛋也加入了很多食材一起翻炒。

飲品方面，可以點一杯椰子酸奶酪，或者加入了薑的印度奶茶，很有特色很好喝，我忍不住連喝了兩杯。Kingfisher 印度啤酒，也是我誠意推薦給大家要喝的。

Rajasthan Rifles 環境幽美，無論坐室內或室外用餐都很舒服。但想來這裏吃早點的話，便要留意一下營業時間：這餐廳只有星期六、日才供應早餐；公眾假期是早上八點半開店，平日是中午十二點才營業。

Rajasthan Rifles

地址：山頂道 118 號山頂廣場地下
電話：2388 8874
網址：https://www.rajasthanrifles.com

花花世界——香港美食篇

印度圓形烤餅配雞蛋

吃印度薄餅塗上綠色的薄荷醬，會更有風味。

印度奄列源自英國文化，然後再加入了豆角、番茄等食材。

印度炒碎蛋

誠意推薦印度啤酒 Kingfisher

中式百味

人人讚頌的全鵝宴
甘棠燒鵝

甘棠燒鵝招牌

約了一班朋友去吃全鵝宴，地點是我好友甘焯霖開的店子「甘棠燒鵝」。甘先生請來從鏞記退休的馮浩棠當行政總廚，棠哥又帶來得力左右手陳兆懷做燒味部主廚，而曾在聘珍樓當主廚的鄧錦順是中菜部主廚，人才濟濟，我們有口福了。

先試試他們的家常菜滑蛋蝦仁，如何令到口感滑溜，要有一些技巧。首先把蝦仁汆水，然後將牠們放進蛋漿裏，慢慢用鑊鏟把蛋漿推至有層次，待蛋汁半熟時就可以上碟。坊間做這道菜會用到冰鮮蝦仁，我只要看到是半透明的蝦就倒胃了，這裏是蛋嫩滑蝦新鮮，由具經驗廚師燒的家常菜也很有水準。

另一道是我喜歡吃的涼瓜煎蛋，先將涼瓜汆水，鑊燒紅後加肉碎、蛋和涼瓜一起炒。這菜的秘密武器是加一點肉碎，從這最普通的菜可以看到廚師的心思。

家常菜滑蛋蝦仁，口感滑溜很有水準。

加了肉碎炒的涼瓜煎蛋，頗見廚師的心思。

　　令大家驚喜不已是西洋菜陳腎生魚豬蹄湯，湯料是無花果、粟米、馬蹄、羅漢果、陳腎、豬蹄、大生魚、西洋菜等，湯料超級豐富可滿滿砌成一大碟，那條大生魚的份量已足夠我們十個人一起享用。這鍋十人份量的湯很與別不同，用了五斤西洋菜，把其中一半的西洋菜打茸，然後與完整的西洋菜混在一起再煲，難怪西洋菜味非常濃郁，湯又鮮甜無比，這是我們在家裏煲的西洋菜湯所無法相比。

濃郁鮮甜的西洋菜陳腎生魚豬蹄湯，跟我們在家裏煲的無法相比。

湯料超級豐富可滿滿砌成一大碟

一品鵝鍋，整隻鵝的所有精華盡在其中。

雁落梅林（梅子鵝），鵝是蘸一點梅子醬混合磨豉醬來蒸，不是滷水的。

　　先來全鵝宴中的一品鵝鍋，用上整隻鵝可以吃的部份鵝腸、鵝肝、鵝腳、鵝翼和很少機會可以吃到的鵝紅等，基本上鵝的所有精華都盡在其中。

　　「雁落梅林」即梅子鵝出場，大家又是一片讚嘆，鵝是蒸的不是滷水的，蘸一點梅子醬混合磨豉醬來蒸，蒸熟後切件放入墊了芋頭的鍋就可以上菜了。生根吸滿了梅子鵝的精華最惹味，把米粉加進湯汁中又更美味，大家都搶着來吃。炮製我擅長的日本炊飯，把飯倒入湯

甘棠一品鵝，肉汁仍鎖着真不簡單。

皮脆肉香琵琶鵝，製作方式和燒鵝是不同的。

汁中，令美味推到極致，本來怕胖的女士們，又忍不住連吞幾碗。

招牌菜甘棠一品鵝出爐了，火喉要控制得好，秘訣是不能太熟也不能太生，鵝肉看見有一點粉紅色就是最好。由懷哥這位快刀手，將整隻燒鵝斬件擺成優美圖案，肉汁仍鎖着真不簡單，懷哥和棠哥二人合作是天衣無縫的。

琵琶鵝造型美觀如天鵝展翅，製作方式和燒鵝是不同的。燒鵝是原隻鎖着肉汁去燒烤，琵琶鵝則是先開膛切開攤平，所以內裏沒有汁，要塗上醬汁再去燒，特別甘香而油脂較少，名副其實皮脆肉香。

至尊陳皮八寶鵝，配料不止八種共九種：鮑魚、大瑤柱、鮮蝦、鮮雞粒、冬菇、鹹蛋黃、蓮子、陳皮和糯米。

　　壓軸出場的至尊陳皮八寶鵝，配料不止八種共九種：鮑魚、大瑤柱、鮮蝦、鮮雞粒、冬菇、鹹蛋黃、蓮子、陳皮和糯米，把這些已調味的餡料釀入鵝腹，先簡單油炸，然後再蒸六個小時，趁切開的八寶鵝仍熱氣騰騰，大家一下子又吃個不亦樂乎。

　　這頓全鵝宴色香味俱全，朕滿足也！

甘棠燒鵝

地址：銅鑼灣加路連山道 88 號南華體育會保齡球場 1 樓

電話：3580 2938

網址：https://www.scaa.org.hk/index.php/Facilities/detail/nlD/30.html

尋回記憶的懷舊燒臘
甘一刀

甘一刀叉燒，肉質鬆化有層次，數量有限需預訂。

甘棠燒鵝除了燒鵝做得出色，懷舊燒臘也是一絕。

他們擅長把傳統燒臘以創新的手法作出改良，創新的甘一刀肥燶叉燒，我十分欣賞，他們從西班牙豬肉的梅頭中選出最肥嫩部份，同時包含肥肉、半肥肉及瘦肉。烤得發焦再大塊大塊斬出來，肉質鬆化有層次，數量有限記得要預訂。

鴛鴦叉燒荷包蛋飯，以最肥美叉燒拼自製風肉，再加一隻半熟荷包蛋，一筷夾下去，蛋黃就流出來，加一點醬油，兩種西班牙豬肉混在一起衝擊味蕾，簡簡單單的一碗飯已很滿足了。

鴛鴦叉燒荷包蛋飯，以最肥美叉燒拼自製風肉，衝擊食客味蕾。

油鴨也是自家製的,色澤油潤,肉質鮮嫩。

自然風乾的自家製風肉,肉質特別乾爽。

　　西班牙豬肉除了可以做叉燒,亦可以把腩肉風乾做成自家製的風肉;它和坊間的質地是不一樣的,坊間的風肉表面有一層黑黑的油,他們是自然風乾,肉質特別乾爽。油鴨也是自家製的,色澤油潤,肉質鮮嫩。

　　另一自創食物鵝腳包,是改良自傳統的鴨腳包,本來鴨腳包是有骨的,他們改成無骨,成品切片後看起來就像莎樂美腸,啖啖肉。我提議他們研究一下,把鵝腳包製成真空包裝推出市場,客人買回去用微波爐加熱,就是上佳的佐酒小食。

　　懷舊紮蹄是將豬手完全去骨,把豬皮釀入豬頭下

改良自傳統鴨腳包的
自創食物鵝腳包

方俗稱鮑魚肉的腮肉，最後再釀入豬手用滷水慢慢浸熟。蝦子紮蹄每一層都灑上蝦子，有別於坊間販賣的只在中間灑一小層，只要吃一口就感受到每層蝦子的鮮味。

　　蜜汁燒鳳肝跟製作叉燒的方法相同，不油膩甘香可口。

鵝腳包經過改良，成品
切片後就像莎樂美腸。

製作懷舊紮蹄的過程很繁
複，需把豬皮釀入豬頭下
方俗稱鮑魚肉的腮肉。

蝦子紮蹄每一層都灑上蝦子，有別於坊間的只在中間灑一小層。

跟叉燒製作方法相同的蜜汁燒鳳肝，不油膩甘香可口。

甘棠自創的黑黝黝生熟地湯，能清熱解毒。

花花世界——香港美食篇

　　我在其他地方沒見過，又是甘棠自創的黑黝黝生熟地湯，材料有土雞、西施骨、生熟地、昆布、海帶和水牛皮。這湯以前是用犀牛皮，但犀牛是受保護動物已禁止販賣，惟有改用水牛皮。

　　這湯另一特別之處，就是用上老闆甘先生珍藏了三十年的陳皮，陳皮八寶鵝也是用這些珍品。這鍋湯煲的時候分開兩階段，先放一半生熟地去煲，另一半拿去蒸熟再用攪拌機攪碎加進去，這樣味道會濃郁很多，和西洋菜湯的處理方式相同。生熟地湯能清熱解毒，其實無論是甚麼湯，只要是大廚們用心炮製的，都是特別滋補有益。

　　甘棠不讓懷舊的燒味失傳，勇於創新和改良，這種精神很值得欣賞。

元朗米芝蓮食神
大榮華酒樓

大榮華酒樓位於元朗安寧路

來到元朗大榮華吃乳豬，和老闆韜哥梁文韜是認識了幾十年的好朋友。

很多人都吃過烤乳豬，但蒸乳豬只有這裏才有，頭抽乳豬是韜哥才能做出來。我去過很多間酒樓，都沒有吃過同樣的蒸乳豬。乳豬是經過精心挑選，先剪開前腿，整隻很有肉感也不會太多骨，肉身十分厚，上菜時還會抖動。味道是相當不同，我們和老朋友出來吃東西，貴精不貴多，一定要吃一些其他地方沒有的。

韜哥說榮華以燒臘馳名，每年向兩間醬油廠訂購大量上等醬油，頭抽是廠方特別為他們做的，拿來滷乳豬和滷雞風味是特別不同的。我舀了一匙頭抽來嚐，味道不太鹹反而很鮮甜，那種香味與別不同，果然不愧盛名。

用上等醬油滷的頭抽蒸乳豬，果然不愧盛名。

特色名菜拖地叉燒，製作工序複雜繁瑣。

　　韜哥特別為我做的特色名菜拖地叉燒，這道菜當今店中已不賣了，因為賺不了錢但工序複雜繁瑣。它用挑骨腩做，甚麼是挑骨腩？就是在豬腹肋骨的位置，但是不能斬斷肋骨，用刀把它切開再慢慢挑肉出來，所以會看到肥肉旁還帶有瘦肉。剩下的骨頭就用來熬湯。還有一些竅門，這種叉燒燒製過程中不會使用鬆肉粉的，而是沿用老一輩廚師的做法用青木瓜；如果採用鬆肉粉，口感會變差，借用青木瓜中含有的酵素，口感則可保持爽口嫩滑。

　　嘉道理農場飼養的大花白豬，形態胖得肚腩貼近地面像「拖地」一樣，用這部份燒烤而成的叉燒，便以「拖地」為名了。我跟韜哥打趣：「以前你可以

用自己身材來對比，現在清減不少了。」韜哥笑着回
應：「我用二十七個月去纖體，靠不斷做運動，由
三百二十五磅減到一百九十五。」我很佩服他那堅強
的意志力達至減肥成功。

接下來是拔絲咕嚕肉，外皮的炸漿一般是用雞蛋
加麵粉，但大榮華不同，炸漿是用生粉加蛋白做成的，
所以炸出來的咕嚕肉，一個小時後仍是酥脆不會變軟
脸。

用桃取代菠蘿酸味的拔
絲咕嚕肉，這改良很好。

咕嚕肉要用肥肉才好吃，所以選肥肉多過瘦肉的柳梅部位，連同配料蜜桃一起吃，會有不同的口感。我同意改用桃取代菠蘿的方法，菠蘿雖傳統但太酸了，這改良很好，我以後煮咕嚕肉都要採用這做法。

陳皮豆豉爆蝦的做法，首先陳皮用紫蘇蒸好，以前是用河蝦的，但當今沒有了，惟有用養殖的草蝦取代，豆豉必須要做得惹味，香氣四溢滋味可口。

惹味的還有蝦醬炒豬里脊，它是豬排白色的油筋。先炒香蝦醬後豬里脊才落鑊，這樣做出來的肉質會十分爽口，蝦醬只會更香不會太鹹。

本來打算點一道清菜，但見有我喜歡的春菜，就點了它來浸豬膶。這道菜的特別之處，是老師傅會把冬菇先拉油，拉完油才有香味，品嚐之下春菜也有香味。當今很多廚師不會把冬菇拉油，菜燒出來了就有腥味，尤其當今很多菇類都是培殖，不是野生的，所以拉油後味道會更好。喝一口豬膶湯，鮮味到不得了，今餐已不用點湯，喝它已滋味無窮。

陳皮豆豉爆蝦，香氣四溢滋味可口。

蝦醬炒豬里脊，肉質爽口，蝦醬只香不鹹。

春菜浸豬膶，老師傅會把冬菇先拉油，拉完油才有香味。

雖然有乳豬也有很多和豬有關的菜式，但是都不及豬油撈飯的魅力，白飯是新界絲苗米，但更精彩的是淋上豬油，再加一些頭抽，啖之，有小時候的味道。回憶當中也有窮困的味道，但有更多的美好，過去種種全部都回來了。

奶黃馬拉糕也是這裏的名菜，它有很多層，色澤不是太深，可能是沒有採用太多黃糖，鬆軟綿密，我有很多朋友會為了這馬拉糕，專程來元朗光顧的。

韜哥慨嘆自己這麼多年來都只做家鄉菜式，不會做鮑參翅肚，當今這些家鄉菜會做的人愈來愈少了，我認為好吃的話，家鄉菜又如何，不用刻意改變，有食神稱號的他，多年來獲得米芝蓮多次推介，就知道大榮華的實力是得到肯定的。

沒人會做這些家鄉菜，是因為沒有人追求，像我們這些老一輩的才懂得追求這種風味，這是完美的一餐，「老鬼識嘆」也，哈哈哈。

大榮華酒樓

地址：元朗安寧路 2-6 號

電話：2476 9888

豬油撈飯的白飯是新界
絲苗米，淋上豬油後，
小時候的味道回憶統統
回來了。

奶黃馬拉糕鬆軟綿密，
很多客人為了它，專程
來元朗光顧的。

手工精緻的順德私房菜
星月居

手工精緻的順德私房菜館星月居

要吃傳統粵菜，會想起我很喜歡的星月居順德菜。

我曾在順德居住一段日子，見識了順德菜的千變萬化，在香港也有很多順德菜大廚扎根發展事業。

順德菜的精髓是手工精緻，推薦必點的鮮魚羹，也叫拆魚羹，食材雖簡單但很花功夫製作，要把紅棗、節瓜、勝瓜、冬菇、甘筍和木耳等材料切成細片或細絲，又要將鮮魚拆肉起骨，再加上鮮魚皮和粉絲。

喝了一口湯，就知道沒有添加味精了，雖說是湯羹但很清淡，清淡中熬出了魚的鮮香味，一嚐便會上癮，好吃到不得了。

說到順德菜怎少得大良野雞卷拼炒鮮奶，鮮奶中間加了蛋白清，最出色是加了欖仁，炒得剛剛好香氣撲鼻，當今已很少人會用欖仁來做菜了。這野雞卷很花功夫，把一層肥豬肉和一層瘦豬肉捲起，切成薄片用玫瑰露和蒜茸汁醃製，再經油炸而成。

必點的鮮魚羹，食材雖簡單但很花功夫製作，清淡中熬出了魚的鮮香味，一嚐便會上癮。

大良野雞卷拼炒鮮奶，最出色是加了欖仁，炒得剛剛好香氣撲鼻，當今已很少人會用欖仁來做菜了。

鮮蟹肉桂花魚翅一定要有火腿絲

椒鹽蟹鉗香口不油膩

　　鮮蟹肉桂花魚翅一定要有火腿絲，雖然這是道貴價菜式但實在美味，一口接一口吃個不停，昂貴一點不要緊，好吃就物有所值。

　　椒鹽蟹鉗，香口不油膩，相信大家都會喜歡。

　　玻璃明蝦球，當今的廚師已難有這種出色手藝，把整隻蝦的筋膜都去掉，只看到白色蝦肉，其他紅色

的部份都已清掉，很考驗廚師的刀功。

　　順德的魚都是河鮮，海鮮最忌諱是養殖的，而河鮮只要夠肥美，養殖是沒有問題的。一嚐鳳城煎焗魚頭，鮮滑可口，雖是煎炸但肉質鮮嫩如清蒸，盡顯廚師的真材實料。

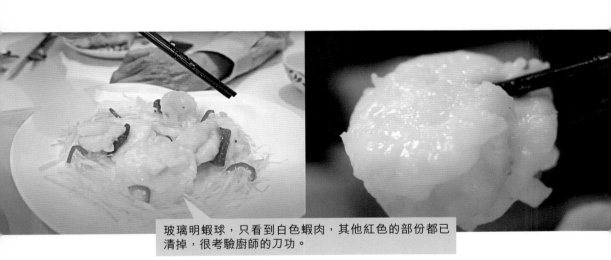

玻璃明蝦球，只看到白色蝦肉，其他紅色的部份都已清掉，很考驗廚師的刀功。

鳳城煎焗魚頭，雖是煎炸但肉質鮮嫩如清蒸。

炒芥蘭要鮮嫩，下鍋的第一個步驟是一定要先氽兩分鐘水，然後用薑汁炒一炒。

入行三十多年的陳日生，曾經是順德聯誼會的大廚，怪不得功力深厚。炒芥蘭這個看似簡單的菜式，我真的怎樣煮都不夠陳師傅做得好，原來要先把芥蘭摘葉去花芯，再削掉菜梗頭較粗的位置，把芥蘭段切齊身；下鍋的第一個步驟是一定要先氽兩分鐘水，然後用薑汁炒一炒。

最後壓軸登場的臘味糯米飯，做法是先把糯米浸泡半個小時，再把它晾乾，然後放在膠筲箕拿去蒸熟，蒸好再炒才不會黏連，炒時先把臘味炒香，加點蔥花再炒，然後加飯。炒好的糯米飯粒粒晶瑩通透，還有臘味的誘人香氣，忍不住又連吞幾碗。

　　很喜歡陳師傅的原因之一，就是上次我來光顧的時候，有位朋友很想吃肚尖要求烹調，但陳師傅說自己沒信心做好而婉拒。這就是廚師的原則，有自信的人充滿自信的說話，沒有信心做好，就不應該款待給客人，給客人的都是看家本領。

　　我們吃了這麼多道菜，是四人份量的菜式，結賬大約二千多元，即每人約六七百元左右，非常合理。難怪疫情對他們的生意沒太大影響，這就是所謂的「平靚正」了。

星月居

地址：香港灣仔駱克道 382 號莊士企業大廈 3 樓

電話：3702 1882

網址：https://www.stellarhouse.hk/

炒好的糯米飯粒粒晶瑩通透，還有臘味的誘人香氣。

老字號潮州飯店
創發

創發是老字號的潮州飯店

說到潮州菜，價錢是比粵菜昂貴很多。早在六十多年前我來香港的時候，有一間潮州菜館叫百樂，那時的價錢已經是貴得很厲害；再到七十年代，香港藏畫家劉作籌先生，他宴請我父親去吃螺片，一片約一吋長薄薄的螺片，價值港幣三百大元。

要對螺片有認識才可以吃到真正的響螺，不懂得分辨的人，會被無良商人以價錢便宜很多的角螺冒充，兩者形狀酷似，但角螺外殼是帶角不光滑的。

在魚缸中的貴價游水海鮮有三刀魚和花蟹等，這些就留給富二代去吃吧。我較平民化，很少吃貴價海鮮和鮑參翅肚之類，反而喜歡地道的菜式。

一走進門，會看到放滿凍蟹、煎帶魚、煎馬交魚和蒸白飯魚仔等打冷食物，場面墟冚。那些一鍋鍋煮好的菜整齊地排列在一起，花生豬尾、蓮藕豬腳、鹹

一走進門，會看到放滿凍蟹、煎帶魚、煎馬交魚和蒸白飯魚仔等打冷食物。

一鍋鍋煮好的菜整齊地排列在一起,都是在家中無法煮出的地道風味。

大馬友滿肚是油脂很肥美

菜粉腸和苦瓜排骨等,都是在家中無法煮出的地道風味,因為一定要用大鍋才能煮出的味道,而這些也只有在創發才能吃到。

和老闆陳金松先生認識數十年,是老朋友了,他其中一個雙胞胎兒子陳智懷,也在打理業務將來繼承父業。

陳先生知道我不喜歡吃鮑參翅肚照樣歡迎,會介紹我吃最當時得令的家常菜——大馬友滿肚是油脂很肥美;潮州話叫紅花桃的獅頭魚,以前是給孕婦吃的,鄉村地方沒有奶粉,要靠吃魚獲取營養,才有足夠的

潮州人喜吃獅頭魚，主要是用豆醬煮。

母乳餵哺，這些都是很有營養的魚類。

要知道一間潮州菜館水準如何，點一道炸豆腐，吃法是沾韭菜鹽水，如果豆腐炸得好吃，那麼這間菜館就合格了，不好吃就不用光顧了。潮州人喜吃獅頭魚，主要是用豆醬煮，普寧出產的豆醬是最棒的，潮州人最擅長製作豆腐和豆醬。

用豆醬來蒸魚不用加醬油。論蒸魚，廣東人和潮州人最擅長，全世界這兩種人最棒；小魚有小魚的蒸法，大魚也有其蒸法，蒸得剛剛好，要吃魚肚旁的位置是最肥美鮮嫩。

炸豆腐，吃法是沾韭菜鹽水，如果豆腐炸得好吃，那麼這間菜館就合格了。

充滿代表性的潮州甜品
白果南瓜芋泥

炆春菜是很典型的潮州菜，先喝一口湯，帶一點苦味，就是這種平民的味道，是記憶中的好滋味。

花生煮豬尾，先將豬尾油炸然後再炆。以前的豬尾是很長的，當今是用日本豬尾比較香，把它炸了以後油都被去掉，女士們也可以放心吃。吃完豬尾要來一口花生，它比豬尾更入味更好吃。粉腸豬肚鹹菜湯，要由一大鍋煮出來才可叫人吃得津津有味。

花生煮豬尾，吃完豬尾
要來一口花生，它比豬
尾更入味更好吃。

花花世界——香港美食

粉腸豬肚鹹菜湯，要由一大鍋煮出來才可叫人吃得津津有味。

反沙芋，又甜又脆帶紅蔥頭和豬油的香味。

薑薯清心丸糖水，正正方方白色的東西是清心丸，一片片半透明的，就是只得潮州人才懂得欣賞的薑薯。

充滿代表性的潮州甜品白果南瓜芋泥，在芋頭當造的季節，先蒸熟然後切成一塊，放在砧板上用刀背一推一壓就能做成芋泥，再加糖、南瓜和白果一起煮。我是不好甜食的人，但這甜品我挺喜歡。同樣用芋頭製作的是反沙芋，一定要用優質的芋頭，高溫油炸後再加糖，糖漿溶了黏着芋頭的表皮，又甜又脆帶紅蔥頭和豬油的香味，一流。潮州獨有的薑薯清心丸糖水，正正方方白色的東西是清心丸，口感煙韌好吃，一片片半透明的，就是只得潮州人才懂得欣賞的薑薯。

在家中無法煮出的地道風味，只有創發才做得到，不愧是老字號。

創發潮州飯店

地址：九龍城城南道 60-62 號地下

電話：2383 3114

香港罕見的福建小店
真真美食店

真真美食店是我經常光顧的福建小店

真真美食店是我經常光顧的福建小店。

來到這裏首先要吃福建炒麵，味道是別處吃不到的，有着濃濃的家鄉味道。廣東、潮州、客家的炒麵沒有福建的好吃，這裏的福建炒麵是用油麵炒的，配料有蠔仔、豬肉、椰菜和葱等，混合在一起非常好吃，若是再搭配上大腸豬血湯更是一流。

現成可叫的小菜還有滷豬肉，同樣肥美甘香。

這裏的五香燒肉糭味道比坊間的做得好，把五香燒肉糭做得最好的是福建泉州，十分美味。

早上來這小店的話，我會先點一碗番薯粥。典型的福建粥就是用番薯煮成。如果不來這裏吃，我在家中也會自己煮番薯粥。

有着濃濃的家鄉味道的福建炒麵，
味道是別處吃不到的。

大腸豬血湯

肥美甘香滷豬肉

真真的五香燒肉糭比坊間的做得好

煎得香脆的池魚

在泉州很有代表性的五香卷

鹹肉飯

福建人稱為「蚵仔煎」的蠔煎

潮州人和福建人共同的美食菜脯炒蛋

五香豆乾

加一點醋就比海蜇頭更好吃的爽口炒木耳

蒸馬頭魚

　　小菜有煎得香脆的池魚；在泉州很有代表性的五香卷，是用豬網油包着肉碎和馬蹄等材料，配上鹹肉飯一起吃；另外還有福建人稱為「蚵仔煎」的蠔煎，即是蠔煎雞蛋；潮州人和福建人共同的美食菜脯炒蛋；五香豆乾；帶一點苦味的炒芥菜、紅蘿蔔絲、蒸馬頭魚和加一點醋就比海蜇頭更好吃的爽口炒木耳。

滿桌家鄉小吃

真真的花生湯是直接用罐頭煮成的。

番薯包

茶粿

菜肉包

麥皮包

雞蛋糕高聳的形狀令人聯想到「發高」,「發糕」指的就是這種糕點。

家鄉甜品

花花世界——香港美食篇

最後，當然是到甜品了。甜品是福建人很喜歡的甜花生湯。有兩樣東西他們喜歡製成罐頭，一樣是紅燒豬腳，另一樣就是花生湯，這間小店的花生湯就是用上罐頭的。

說到甜點，當然不是只有花生湯這麼簡單，還有番薯包、茶粿、菜肉包、麥皮包和雞蛋糕等糕點。雞蛋糕高聳的形狀令人聯想到「發高」，「發糕」指的就是這種糕點。

這麼小的一間福建餐廳，美食卻包羅萬有。閩南菜有數之不盡的美食，甚麼菜式都有，薄餅和糭子等等，都令我食指大動。我希望居住在香港的福建人，可以多開幾間正宗的福建菜館，繼續把閩南菜發揚光大。

真真美食店

地址：北角春秧街 70 號
電話：2503 0976

米芝蓮原味福建餐廳
莆田

莆田在全世界包括香港，已經有差不多上百間分店。

說起福建，我們平常最熟悉、最多人去的就是廈門市。廈門市旁邊的就是泉州，是水上絲綢之路的出發地。這些地方加起來我們稱之為「閩南」，很多人會出海去南洋、台灣和菲律賓等地方。其實閩南、閩西、閩北和閩東整個地方的菜式加起來都是福建菜。

為何香港這麼少福建餐廳？明明香港有那麼多福建人，難道會沒有需求嗎？諸多的反應都說福建菜賣不起價錢，香港商舖租金昂貴，餐廳的利潤都用來繳交租金，所以很少福建餐廳。但在我看來，這句話是不成立的。因為食物好吃的話，價錢多昂貴也有人來吃。

說起福建菜，泉州市上方有一個叫莆田市的地方，香港有家福建餐廳就叫莆田，它在全世界包括香港已經有差不多上百間分店，所以不能說開福建餐廳不會成功，主要是看你怎樣做。

阿溜土筍凍，土筍就是沙蟲，是一種在沙灘裏挖掘出來的蟲子。

把沙蟲洗乾淨，烹調後冷卻凝成固體狀，味道非常鮮甜。

　　那為甚麼沒有閩南菜館呢？是不是閩南人吝嗇？其實也不是，只是他們覺得自己在家煮飯，比起街外餐廳還要好吃，何必要讓別人賺錢？當然這個錯誤的觀念是應該要糾正的。其實我們不應該只有一間閩南菜館，而是需要很多間。新加坡、菲律賓等地的閩南菜館都很出色，我希望香港也能有一間像樣的。

　　說到莆田的特色菜，首先要介紹的是阿溜土筍凍。土筍就是沙蟲，是一種在沙灘裏挖掘出來的蟲子，因為一說到吃蟲，很多人就會害怕，所以把它稱為泥土的筍。這菜式的做法是先把沙蟲洗乾淨，烹調後冷卻凝成固體狀。我自小已經喜歡吃土筍凍，味道非常鮮甜。

在邵氏工作時有一名擔任電影動作指導的好朋友，他知道我喜歡吃土筍凍，所以拜託他的姐姐在內地用大量冰塊包着，運到香港給我，我吃了之後，感動到眼淚也差點流出來。當今不用到處去找了，來莆田餐廳吃便可以。

莆田菜有很多菜式，其中一道是白切溫湯羊肉，名氣雖不及海南東山羊，但也是放養在山上的，肉質很好而且纖瘦，十分軟腍。

福建紅糟蝦也很美味，紅糟其實是用了紅麴酒的酒糟榨取出來的，當中福州市出產的紅糟最優質。

肉質肥美的老酒蒸蟶子是把蟶子插滿在盅內，蒸到蟶子開口，便可以上菜了。

白切溫湯羊肉，肉質纖瘦十分軟腍。

老酒蒸蟶子,把肉質肥美的蟶子插滿在盅內,蒸到牠們開口,便可以上菜了。

紅遍亞洲的「百秒黃花魚」,把整條黃花魚放入煲內滾湯,過程只需一百秒。

　　另一道我很推薦的菜式是紅遍亞洲的「百秒黃花魚」。莆田的做法是用礦泉水,把整條黃花魚清洗乾淨後放入煲內,滾熟後便是黃花魚湯了,過程只需一百秒。我覺得不用下鹽去作調味,改放一些雪裏紅更好。如果要吃真正的黃花魚,韓國還是有很多的;另外一個較多產的地方就是日本。日本人是不吃黃花魚的,所以日本漁船在公海捕獲新鮮黃花魚後,看見中國漁船靠過來,兩艘漁船便會交換漁獲;因為中國

花花世界——香港美食篇

福建紅糟蝦，福州市出產的紅糟最優質。

莆田燜豆腐是一道功夫挺多的菜式

漁船上全部都是雞泡魚，而中國人不喜歡吃雞泡魚的，正好各取所需，皆大歡喜。

莆田燜豆腐是一道功夫挺多的菜式，做法是先把豆腐捏成碎塊，再加入肉碎、粉絲、蝦米等材料一起燜煮。

然後是我最喜歡的絲瓜湯，絲瓜是用特別方法種植的，再加上小顆鮮貝一起熬製，湯又香又鮮甜。香港人覺得絲瓜讀音近似「輸瓜」名字不好，所以普遍都稱它為勝瓜。好吃的勝瓜是很受歡迎的，台灣有個地方叫澎湖，那裏的絲瓜價錢比海鮮還昂貴，很厲害吧。

加了小顆鮮貝的絲瓜湯很鮮甜

麵條非常幼細的媽祖太平麵，味道挺不錯。

莆田扁肉湯，福建人把所有雲吞類都稱為扁肉。

　　福建省的人民大多數是參拜媽祖的，所以有一款小吃命名為媽祖太平麵，麵條非常幼細，與米線很相似，味道挺不錯。

　　另一款莆田的湯類食物，是將細小的扁肉放湯加頭水紫菜，福建人把所有雲吞類都稱為扁肉（閩南語發音）。「頭水」的意思是在海邊岩石上初採的紫菜，它的品質很好。莆田店中有售新鮮的頭水紫菜，買回家中泡水兩三分鐘就可以吃，或者也可以直接食用。

「頭水」是指在海邊岩石上初採的紫菜，店中都有販賣。

當今是枇杷的季節，莆田有一道我特別喜歡吃的家鄉枇杷凍，是把枇杷汁煮成凍，再加上新鮮枇杷。可能是人老了，喜歡吃凍和啫喱狀的食物，年輕時明明不喜歡吃的，真是奇怪。

在莆田吃的一頓飯令我非常滿足。福建菜館是否很難經營呢？其實主要是看你如何去做。莆田的老闆方志忠先生是我的朋友，他來香港開分店的時候，先派了一隊人來研究菜式，做足一切事前功夫，才來香港打拼的。莆田能連續數年獲米芝蓮推介，真的不容易，方先生能有今日的成就，是實至名歸的。

莆田 PUTIEN
地址：香港銅鑼灣波斯富街 99 號利舞臺廣場 7 樓 A 舖
電話：2111 8080
網址：www.putienhk.com

夏日消暑良品家鄉枇杷凍

全香港最好的粥店
生記粥品專家

生記已經營了四十多年，分店也開了多家。

我認為全香港最好的粥店是生記，已光顧了幾十年，他們有幾十種材料可供選擇，我喜歡配搭鮮魷魚片、魚鰾、豬膶和肉丸。把魚片放在粥上面，再慢慢浸熟，保持肉質鮮嫩；魚鰾是我的至愛，但一定要早點來，晚一點來就吃不到，吃時要沾一點有薑絲的醬油，沒有腥味只覺鮮味無窮。然後把油條浸粥來吃，再來煎魚餅和炒米粉，吃得豐富又滿足。

老闆江哥多年來風雨不改，凌晨回店處理煮粥的湯底。

我喜歡配搭鮮魷魚片、魚鰾、豬膶和肉丸。

把油條浸粥來吃，再來煎魚餅和炒米粉，吃得豐富又滿足。

生記有另一家專賣清湯腩的店，
同樣可以叫粥吃。

清湯牛腩味道挺出色

花花世界——香港美食篇

　　他們雖有四間分店，但我最喜歡上環畢街這間，雖較狹小但有親切感，因為老闆娘芬姐是我的好友。她是一位非常奇特的人，店內人來人往，所有客人點的東西，她都記得清清楚楚不會出錯。所有成功人士記憶力都是超強的，記憶力講求天分，好像金庸、倪匡他們的記憶力都是很好的，騙不到人，所以我很佩服芬姐。

　　生記已經營了四十多年，分店也開了多家，他們的成功全賴一家人齊心合力。芬姐弟弟江哥多年來日日如是風雨不改，凌晨二時半會回店把湯底煮好，然後分發到各家分店。他通常在晚上先熬好豬骨湯，把湯維持在九十度的高溫，待凌晨回來後把湯中的豬骨撈起，利用這湯底來焓粉腸、豬肚，再加上鹹瘦肉混和後，便用這些湯水來煮粥。

　　別以為有了湯底來煮粥就省了不少工夫，江哥對煮粥有很高的要求。因為粥有一個特性，在剛煮好的

咖喱牛腩，香濃的咖哩中還有牛筋。

時候，大約五至六個小時之間，是特別有米香味，但這米香味會隨着時間而揮發，所以要分開幾個時段來煮粥以維持質量，這一鍋鍋在熊熊爐火下沸騰的生滾粥，全是老闆的心血精華。

若嫌生記地方狹窄，可到他們另一家專賣清湯腩的店，同樣可以叫粥吃。那邊地方寬敞，都是芬姐買

豬心椗麵，這種特別的食材已很少地方會賣。

花花世界——香港美食篇

下來經營的。他們做的清湯牛腩味道挺出色，來一客清湯牛腩配白飯，盛惠五十元，好吃又方便，是午飯的首選。想轉轉口味，可選咖喱牛腩，香濃的咖喱中還有牛筋，同樣做得精彩。

我經常來吃豬心椗麵，豬心椗其實就是豬心的血管，這種特別的食材已很少地方會賣，以前鏞記的甘老闆仍健在時，曾做過一些給我吃，當今已很少機會吃到了。

無論是粥店還是麵店，芬姐一家人都努力經營，精益求精，所謂「行行出狀元」，在我心目中他們是全香港最好的粥店，毋庸置疑。

生記粥品專家

地址：上環畢街 7 號地下
電話：2541 1099

香港代表雲吞麵
劉森記

劉森記位於深水埗

深水埗的劉森記是我最喜愛的雲吞麵舖。有幾樣食物是代表香港的，很多人在外國居住一段時間後，第一件會想到的事便是吃碗雲吞麵。雲吞麵以香港做得最好，沒有地方可比，廣州雖是發源地，但是雲吞麵在香港發揚光大，現在到廣州去吃，水準都不及香港。

水準是用甚麼來比較的呢？水準就是無論拿甚麼食店作比較，都有一定的水平，不是只有一兩間特別好，那就稱為水準。

雲吞麵也稱「細蓉」，吃前先喝一口湯，家鄉味道便全部回來了。湯底有大地魚、豬骨等材料，人人都知，亦大同小異，但要做出應有的味道也不容易。

在香港吃雲吞麵，有分潮州式和廣東式，怎樣看得出是哪一派？很容易的，潮州式一定備有辣椒油；廣東式就備有余均益辣椒醬。

再嚐一口麵，這裏的麵是竹昇麵，以前我們來拍

雲吞麵以香港做得最好，沒有地方可比。

香港的雲吞麵分潮州式和廣東式，潮式有辣椒油；廣式就有余均益辣椒醬。

單吃炸醬麵有點悶，嚐免費任吃的醃蘿蔔就胃口大開。

要吃到麵條的香味，定要選乾撈麵，而蝦籽撈麵是我的最愛。

攝過節目，那時現在老闆的父親親手弄一堆麵粉，在中間位置撥開，放幾十粒鴨蛋下去，再搓勻成一團，然後用長竹竿一起一落，把麵團壓扁、疊起再切條，製作過程複雜又困難，所以不要看輕這碗雲吞麵。劉森記當今也保留着這個傳統，所以這裏的麵做得比別人出色，是我心目中的首選。

炸醬麵一定要嚐，單吃炸醬麵有點悶，那怎樣辦？就是配枱上滿滿的一瓶，任客人自取的醃蘿蔔。蘿蔔免費任食不是要虧本？有人向老闆提出這樣的疑問。這些人真笨，他不知道免費任食的話，只要你吃上一兩件就馬上開胃，就會再叫多一碗麵。

雲吞麵有湯麵和乾撈兩種，我一向覺得要吃到麵條的香味，定要選乾撈麵，而蝦籽撈麵是我的最愛。倒入一些豉油，拌着充滿蝦籽香的麵條來吃，接着喝一口湯，又是充滿了蝦籽鮮味，非常好喝。

喜歡吃冬菇的人一定要來這間店，他們的冬菇做

冬菇又大又厚弄得像
鮑魚一樣

馳名的牛筋拼牛百葉

得特別好，又大又厚弄得像鮑魚一樣。

　　牛筋拼牛百葉是這裏很馳名的，牛百葉蘸着薑葱豉油來吃，一點都不覺鹹。再來吃牛筋，看表面就知道，煮得很軟腍，絕對不是一條硬繃繃的，入口即融充滿膠質，牛筋有時還連着牛腩呢。

水餃加了筍絲、木耳絲
和冬菇絲，三種絲混在
一起很有鮮味。

　　再試淨水餃。我們一般人都分辨不出水餃和雲吞，聽老闆劉發昌說，原來雲吞是用蝦、瘦肉和肥肉，加點芝麻和大地魚粉等，就不再加其他東西，而水餃會加筍絲、木耳絲和冬菇絲。三種絲混在一起便有鮮味，所以我比較喜歡吃水餃。

　　有人會問，香港除了雲吞麵外，還有甚麼食物有代表性、絕對比其他地方好呢？第一是雲吞麵，第二是燒臘，比其他都市都好；第三是蒸魚，最有難度。香港的蒸魚是全世界其他地方都沒有可比，打遍全天下無敵手的美味。

　　香港這個美食天堂，簡單的一碗雲吞麵，都吃得很滿足。

劉森記

地址：九龍深水埗福榮街 80 號地舖

電話：2386 3583

火鍋始祖
方榮記

說到吃火鍋，方榮記是始祖。

說到吃火鍋，方榮記是始祖，幾十年前由我老朋友方少航所開創，我戲稱他金毛獅王。他的頭髮全白，但白中帶點金色，很蓬鬆的髮型。自金毛獅王去世後，就由他的兩個兒子方永昌和方永烈接棒至今，我跟他們兩兄弟也結成好友。

方榮記最出色的就是牛肉，金毛獅王去世之後，由他太太每天早上四處去找最好的牛肉回來，很勤力的，當今已由小兒子方永烈接手這工作。

說起金毛獅王，就想起他的藝高人膽大，那些炭爐燒得很高溫，他竟徒手就拿起來，日積月累下他的手已練成鐵砂掌了。大兒子昌哥解釋，父親長期勞動下手繭變得很厚，已像手套般保護雙手，不會輕易燙傷。金毛獅王另一絕技無人能及，就是他徒手拿起炭來點火吸煙。和兩兄弟一起懷緬他父親的軼事，也懷念當年可以室內使用炭爐吃火鍋的風味。

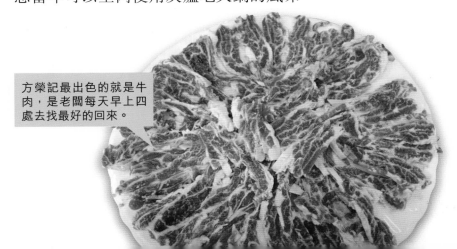

方榮記最出色的就是牛肉，是老闆每天早上四處去找最好的回來。

兩個爐是方榮記吃火鍋的特色，湯底分別是潮州沙嗲和清湯。

崩沙腩很有咬勁而且香味十足

用蒸魚的方式來蒸牛腩很少見，優質的牛腴才能用蒸，加一點蒜茸和辣椒更惹味。

花花世界——香港美食篇

　　方榮記牛肉出色的原因是採用肥壯有脂肪的黃牛，黃牛很多都瘦削，所以要精挑細選肉質夠肥美的肉眼邊，油脂成份沒那麼重但保留着牛肉味。我帶日本人來吃，他們異口同聲説比日本的和牛好吃。

　　有兩個爐是這裏吃火鍋的特色，湯底分別是潮州沙嗲和清湯。沙嗲的秘方是金毛獅王自創的，有段時間他自己不煮，外判給別人處理，但後來那間店舖結業了，工作就重回他們自己手中。清湯以大塊的大地魚、牛骨和豆腐等熬製，奶白色的很鮮甜。牛肉一片片呈雙飛狀，涮四、五下就可以吃了，很有咬勁，雖不像坊間那些宣傳説入口即融，但不會難以咀嚼。我吃一口便回想起幾十年來的味道，吃這些牛肉是有情意結的，很多上年紀的老主顧，愛來尋回這些記憶中的牛味道。

　　今次來除了要吃他們最擅長的牛肉外，也試試他們的牛腩和鱔肉。牛腩要帶肥膏的才好吃，方榮記的

鱔魚片

崩沙腩很有咬勁而且香味十足。用蒸魚的方式來蒸牛腩很少見，優質的牛脹才能用蒸，不然蒸出來會像吃橡皮筋；加一點蒜茸和辣椒更惹味，牛味十足。

當今的鱔都是人工飼養，很難找到野生的。昌哥三十多年前曾跟父親在潮州吃過野生鱔，至今仍回味無窮。我們潮州人如果捉到一條野生鱔，一定打鑼打鼓和整村人分享。想到巨型的花錦鱔，通常一條都是十斤重量以上，捕獲後要有人「認頭」才會屠宰，「認頭」意指有人已經購買了這個鱔頭，很補身的，鱔頭全是皮又最嫩滑。鱔身就切成一圈圈販賣，一小塊盛

惠一千大元；鱔頭大概也要三千至五千元。這是三十多年前的事了，當今買少見少，有錢也吃不到，有得吃都只是飼養的。

　　大家請記住，如果要吃火鍋，要吃好的牛肉，就一定要來方榮記。

方榮記飯店

地址：九龍城侯王道 85-87 號地下

電話：2382 1788

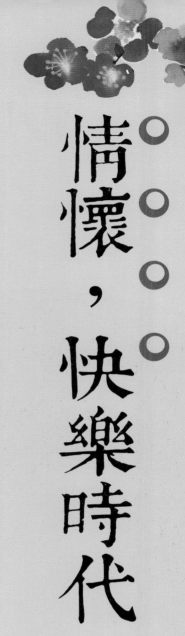

情懷，快樂時代

平凡中的不平凡
鋒膳

鋒膳的食物很特別，他們的價錢都比較昂貴。

鋒膳的食物很特別，他們的價錢都比較昂貴，每一道菜不是用最名貴的食材，但會選用的食材則較特別。

看似平凡的叉燒雙蛋飯，叉燒是採用日本宮崎快樂豬的，是用納豆、乳酪和粟米餵飼。日本的豬比較瘦，用來做叉燒並不容易，但老闆不惜工本，把整隻豬最肥美的部份拿來做叉燒，切得又大又厚。

蛋就採用九州蛋，蛋黃流到飯上很吸引，但我對蛋黃有陰影。潮州人會用紅雞蛋來慶祝生日，焓熟雞蛋再用揮春紅紙染成紅色，吃的時候就把殼剝掉，其

看似平凡的叉燒雙蛋飯，叉燒是採用日本宮崎快樂豬，蛋就採用九州蛋。

實就是白焓蛋。小時候覺得蛋黃是最好吃的，往往先吃了蛋白再留起蛋黃。在我三歲生日，剛準備慢慢享用紅雞蛋時，就遇上空襲，媽媽拉着我拼命逃生，我捨不得美味的蛋黃，一手拿起扔進嘴裏，誰知一吞嚥就卡在喉嚨裏，不上不下差一點被噎死。危急之下爸爸連忙抱着我的腰大力地拉扯，蛋黃終於吐了出來，我才沒有死掉，從此以後，我只吃蛋白不吃蛋黃。

看到叉燒飯就想起我的好友倪匡，他來到香港第一次吃叉燒飯，大為驚喜所以以後每當他看到叉燒飯，不論好不好吃或是肥是瘦，都會感動落淚。

一碗好的飯，米是最重要的，但米偏偏是最受忽視的食材，因為我們的菜太好吃了，所以就照顧不到飯。日本人就不同，他們是讓你先吃完餸菜才來飯的，所以很注重飯。

同樣地在外國的餐廳是很注重麵包，我們到了西式餐廳看見他們的麵包，不是熱騰騰和自家製的，這

間餐廳就不用光顧了。好的西餐廳一定是自己烘麵包的。而東方食肆是否用優質的米，便能看出該食店是否用心。

鋒膳的每款飯都是用了 90% 的泰國米，再混合 10% 的日本米煮，看得出他們相當注重米飯。

英國牛柳粒紅飯，牛肉的品牌 Donald Russell 傳聞是英國皇室御用的。對於牛柳粒各人口味不同，我始終喜歡吃日本牛多一點，喜牠們的肉質較軟脸，太有嚼勁的不適合我。

粟米斑塊炒飯，令我想起小時候肚子餓就到廚房，找到粟米罐頭直接打開就吃，一匙一匙痛快地吃的情景。

英國牛柳粒紅飯，牛肉的品牌 Donald Russell 傳聞是英國皇室御用的。

粟米斑塊炒飯

串茄和豬扒的味道調配得很好，香噴噴很吸引。

羊腩煲用傳統的炆法，加了麥冬減燥下火，用油鴨腿來增添香味；新鮮羊肉嚼勁十足。

手抓羊肉是比較濃味的菜式

　　小朋友們會喜歡的串茄焗豬扒飯，串茄和豬扒的味道調配得很好，香噴噴很吸引。

　　鋒膳的老闆黎兆鋒先生介紹他們的羊腩煲，羊肉是用傳統的炆法，但加了麥冬可以減燥下火，加了油鴨腿來增添香味，並有日本冬菇和青海黃菇、新鮮的珍珠馬蹄、自家炸的枝竹等。特別一提是他們選用未經雪藏的新鮮羊肉，所以軟滑程度和坊間的很不同，並且嚼勁十足，不是軟臁鬆散的。

　　黎老闆再介紹用紐西蘭羊做的手抓羊肉，因為是比較濃味的菜式，所以用羶味重一點的羊就比較惹味；先用肉醬和冰糖炆熟羊肉備用，上菜時輕輕汆水，再加入自家製麻辣醬，口味會很軟臁。但我認為所謂手抓羊肉是不需要這麼多配料，白焓就可以了。

　　油雞樅菌腿絲皇湯雞飯，雞是三黃雞，做法先去骨，把一部份肉和骨一起熬成上湯，另外的肉煮熟再燴到雞湯裏。雞樅菌是來自雲南，用花椒油和菜油煮

油雞樅菌腿絲皇湯雞飯，雞是三黃雞，雞樅菌來自雲南，再澆上十五年的花雕酒。

熟，然後鋪在已煮好的雞肉飯上，最後再澆上十五年的花雕酒，所以帶點酒香。可惜雞樅菌經長途跋涉運來已少許走味，如在雲南當地吃一定更香。但在香港能夠吃到世界各地的食材也很開心，香港真是一個美食天堂。

鋒膳

地址：灣仔石水渠街 69-71 號年威閣 2 樓 B 室

電話：2267 0288

孿生兄弟的本土室內農場

INTERVAL Farmacy

INTERVAL Farmacy 由一對雙胞胎年輕人 Caleb 和 Josh 經營

INTERVAL Farmacy 這餐廳是由一對雙胞胎年輕人 Caleb 和 Josh 經營的，他們對美食很有興趣，在外國留學回港後便開展餐飲事業。

這裏的食物很好吃，原因之一是餐廳廚房夠大，能夠提供較大較完善的煮食環境。

店裏有一個燒炭的爐，最高溫度能達 300℃ 左右，肉食經它烤焗後，帶有炭火的香味。

坊間的薄餅市場一開始便被大機構壟斷了，薄餅皮做得很厚，那些便宜又飽肚的年代已經過去，人們開始追求更優質的食物。INTERVAL Farmacy 就是一個好例子，他們在營運上很創新，部份食材會自己種植，新鮮之餘味道又好，甚至火爐也是正宗的，力求完美。

從拿坡里運來的三噸重火爐，採用炭火和柴火，是製作拿坡里薄餅的標準溫度 400℃ 高溫。時間要掌控在兩分鐘以內，一般來說是九十秒。相比其他麵團，

拿坡里薄餅的麵團要做得很柔軟。製作瑪格麗塔薄餅不可缺少是番茄醬，加上一點羅勒、芝士、Mozzarella水牛芝士，再噴上一點油，便可以放進火爐烤焗。另一款受歡迎的薄餅，用了黑蒜和牛肝菌作為底部，上方加了雜錦蘑菇，很受素食者喜愛。

醉花甲採用花甲王作食材，醬汁用日本清酒和店裏發售的 Lager 啤酒，再加入油膏、生抽去醃製，最後再鋪上奧地利魚子醬，做法新奇有趣。

餐廳創辦人之一 Josh 認為香港缺少和本地農業聯繫的餐廳，所以他們的餐廳設置了「室內水耕種植農場」，培植不同的香草植物和蔬菜。他們的合作夥伴是 Farmacy 水耕細作，專門為餐廳種植不同的農作物，供給廚房使用。

Farmacy 創辦人 Raymond 說他們的農作物通常是由職員專門種植，但當它們生長到一定程度，就會放在餐廳供觀賞。這樣食材能做到新鮮之餘，還給食客

一個體驗，可以和食物有所聯繫。

在這餐廳用餐，不論是沙律、魚或者其他正餐，都會採用這些香草植物來做裝飾伴碟。每次種植前，Farmacy 也會和廚師商討，看看他們喜歡用哪一款植物。

一進去「室內水耕種植農場」，整個空間充滿農作物氣息，有新鮮芫荽、來自意大利的金不換和 Rosemary 迷迭香等等。一般的迷迭香比較硬，但是他

新鮮芫荽

迷迭香

三角紫葉酢漿草

羅勒

牛舌經過二十四小時低溫慢煮後，再放在
炭火爐上烤製，肉質鮮嫩。

自置火爐烘製的瑪格麗
塔薄餅

醉花甲，鋪上奧地利魚
子醬，做法新奇有趣。

花花世界──香港美食篇

們的迷迭香因為是溫室種植，角質層比較幼嫩，而且味道更為新鮮。這裏還有紫色的 Oxalis 三角紫葉酢漿草，它帶有少少酸味，味道有點像紫貝天葵，主要是裝飾用途。我還嚐了一下 Micro Greens 微菜苗，味道很清新。

香港較少食肆是「Farm to Table」的形式，讓客人可以親手觸摸到食材，即摘即用。店裏還有供客人坐下來細味食物的空間，很過癮！

主菜方面，美味可口的辣椒蒜蓉蜆肉細麵，採用人手製作的意大利麵條，醬汁則是蔬菜水和蜆肉水混合而成，至於細麵上的芫荽就是他們自己種植的。

另一值得推薦的炭烤和牛舌，醬汁用了日本清酒、五香燒汁，再加上墨西哥辣椒。牛舌經過二十四小時低溫慢煮後，再放在炭火爐上烤製，肉質鮮嫩。

出乎意料地好吃的是馬友魚，用了類似「一夜乾」的做法，用日本清酒和鹽水醃製後掛起來風乾，最後

放到炭火爐上烤熟。烤香了的馬友魚上面，加入了白豆、香草、羅勒油，還有一個烤青檸，出奇地好吃，值得推薦。

INTERVAL Farmacy

地址： 香港薄扶林數碼港道 100 號數碼港商場 2 樓 207
　　　 號舖

電話：2380 3498

網址：http://www.twins-kitchen.com/interval-coffee-bar

黑蒜、牛肝菌和雜錦蘑菇薄餅，很受素食者喜愛。

辣椒蒜蓉蜆肉細麵，採用人手製作的意大利麵條，醬汁則是蔬菜水和蜆肉水混合而成。

馬友魚用了類似「一夜乾」的做法，用日本清酒和鹽水醃製後掛起來風乾，最後放到炭火爐上烤熟。

餐廳設置了「室內水耕種植農場」，培植不同的香草植物和蔬菜。

溫暖的無火餐廳
蘇三茶室

蘇三茶室在土瓜灣港鐵站附近

來蘇三茶室是探訪一位老朋友，老闆娘是筆名蘇三的蘇藝穎。我們在《飲食男女》認識，她做了幾年雜誌後，覺得記者生涯不太理想，所以開了這間餐廳。

其實在認識蘇三前，我是先認識她的丈夫潘爵穎，他是一名攝影師，以前是個胖子，現已清減了很多。

這間店不算位置偏僻，土瓜灣港鐵站也在附近，只需步行一陣子便可到達。很多客人光顧後變成了熟客，這裏的開瓶費是一百元，如你不想付這筆費用，可以在這裏買一枝酒，就能省卻開瓶費了，所以很容易和店主打成一片結成朋友。

開了餐廳後，蘇三才從完全不懂烹飪變到慢慢喜歡上煮菜，但因為以前工作關係，會去採訪和看我的文章，然後發現自己對食物很感興趣，也發現這個世界很大，有很多令她好奇的事物。於是她嘗試自家製麵包，並堅持每樣食物都親手做，這種理念十分難得。

用蝦乾、乾魷魚和冬菇等做的東坡肉，豬肉和海鮮配合得很好。

很受歡迎的低溫焗胡椒雞，需提前預訂。

麵包和鴨肝都是自家製的酒香蒸鴨肝醬多士

　　酒香蒸鴨肝醬多士，無論是麵包和鴨肝都是自家製的。菜式雖以西餐較多，只要是他們自己想吃的東西也會烹調，蘇三知道我喜歡吃東坡肉，就用蝦乾、乾魷魚和冬菇等做給我吃，豬肉和海鮮配合得很好。

　　很受歡迎的低溫焗胡椒雞需提前預訂，低溫焗法是希望肉汁可以保存，令雞肉不會太乾身。還有上桌的時候，不會用刀在砧板上斬件，而選擇用鉸剪，能令雞汁保存在盤上，原汁原味不會流失。雞皮上的黑色粒狀是混合香料，分別是黑白胡椒、花椒和八角等。

我一向對雞沒甚麼興趣，但這隻雞不會太乾身，肉質又軟腍，能做成這樣不容易的。

　　原來它背後有一個有趣的故事，其實是潘生替某連鎖快餐店拍商品照片時，為了不想浪費用作襯托的香料，在拍照後把它們混在一起，又福至心靈地想到把香料和雞一起烹調味道應該會很好，結果就創出了這道菜來。

　　酸菜肉丸蜆煲，酸菜是自家醃製，肉丸也是親手做的，加上冬菇和蝦米的肉丸很惹味。最有趣的是白色的粒粒，原來是新鮮的魷魚。

酸菜肉丸蜆煲，酸菜是自家醃製，肉丸也是親手做的。

原汁原味的叉燒生麵

天然酵種麵包

　　蘇三知我喜歡麵食，煮了一碗叉燒生麵給我。很多肥肉的叉燒用了韓國的麵豉醬醃製，再用低溫焗出來，湯汁是沒有味精的雞湯，完全是原汁原味。

　　店內也有多種天然酵種麵包售賣，是他們志同道合的朋友特意做出來的，我以前吃過味道蠻不錯。

　　蘇三寫了一本叫《三餐》的書，內容是關於食材和西式糕餅等，這本書水準很高。

　　他們餐廳的菜式，很難定義是西餐還是中餐，兩者都不是，是家庭的味道。這些小店在香港仍能存在是十分難得的，經營不容易，尤其是這兩年，更是艱

花花世界——香港美食篇

難重重，十分佩服他們，青春、人生轉眼就過去了。他們的動力來源是女兒。

　　我初來這餐廳的時候，他們已結了婚兩三年並生了一名女兒，當年的小女孩 Heily，一晃眼已長得亭亭玉立了。我很喜歡這女孩，餐廳內很多畫作都是她繪畫的，每張都很有童真，替店內增添了不少溫馨的氣氛。

蘇三茶室

地址：九龍土瓜灣美善同道 1 號美嘉大廈地下 10 號舖
電話：2714 3299

必到的上環熟食市場
曾記粿品、Chautari Restaurant 和陳春記

上環皇后街熟食市場，是我愛逛的地方。

曾記已經營了幾十年，從潮州巷開始至今，我常常來買傳統的潮州粿品韭菜粿和芋頭粿，喜歡它們夠正宗。各種潮式鹹甜粿品，他們都很齊全，中秋節期間還會製作月餅呢。

從潮州巷開始至今，曾記粿品已經營了幾十年。

我常來買傳統的潮州粿品韭菜粿和芋頭粿，喜歡它們夠正宗。

各種潮式鹹甜粿品，他們都很齊全。

百吃不厭的潮州小吃炒糕粿

　　傳統潮州小吃炒糕粿，是一種用米做的糕品，拿去蒸熟後，切片放入平底鑊，加甜豉油和雞蛋一起煎，最傳統的做法會加豬油和豬油渣，是百吃不厭的潮州小吃。住在香港的潮州人懷念家鄉時，可以來這裏一嚐他們的炒糕粿、蠔餅和各種甜品等以解鄉愁。

　　鄰店 Chautari Restaurant 專賣印度和尼泊爾美食，

我也常光顧，特別請老闆做我最喜歡的印度羊肉香飯Biryani。做法是先炒飯再和羊肉一起翻蒸，上桌時散發陣陣誘人的香氣，美味無比，誠意推薦給大家，一定要來試試。

另一推薦的是典型印度飲品 Lassi，Lassi 是一種酸奶，經過發酵後酸酸甜甜，應該就是最正宗的羊力多。當你去印度餐廳，侍應問你喝甚麼時，你說來杯 Lassi，他會對你刮目相看，知道你是懂飲食的人。白色的 Lassi 是 Blank Lassi，就是甚麼都沒有添加的原味；

Chautari Restaurant 專賣印度和尼泊爾美食

印度羊肉香飯 Biryani，做法是先炒飯再和羊肉一起翻蒸。

典型印度酸奶 Lassi

最典型的會加入玫瑰糖漿，弄得有點粉紅的是 Rose Lassi；另一種加入芒果，顏色偏黃的是 Mango Lassi。

在印度他們不會叫咖喱做 Curry，這個字是英國人所創的。巴辣雞叫 Chicken Vindaloo，是英國人到訪印度後創出的菜式，而印式忌廉燴雞叫 Chicken Korma。咖喱有很多種類，Korma 和 Vindaloo 是不一樣的。

我去到印度四處詢問別人為甚麼會發明咖喱？沒有人能夠回答，結果在巴士上遇到一個小子，他正吃着咖喱飯的午餐回答道：「咖喱是防腐劑呀。」

　　我才恍然大悟，印度天氣炎熱，在沒有冰箱的情況下，食物容易變壞，所以咖喱的香料，基本上就是防腐劑，而且香料加起來的味道是很好吃的。

　　我喜歡 Korma，它除了加香料以外，還用了很多腰果一起錘碎，錘到變成醬汁。這腰果香料醬，就稱作 Korma，可以配雞肉、羊肉或牛肉，隨個人喜好，只是不能配豬肉。其實直接吃這醬汁也可以，配飯吃也挺好完全不辣，要吃辣就選 Vindaloo。

　　陳春記這店名，是 1995 年從潮州巷搬來時改的。很多年前我已在專欄，介紹過他們的豬什湯了。

腰果香料醬，就稱作 Korma，可以配雞肉、羊肉或牛肉，隨個人喜好，只是不能配豬肉。

陳春記這店名，是1995年從潮州巷搬來時改的。

豬什湯是最正宗的，有豬血、粉腸、豬肚和小腸，喝一口湯，幾十年前的味道完全回來了。

　　陳春記的豬什湯是最正宗的，有豬血、粉腸、豬肚和小腸，喝一口湯，幾十年前的味道完全回來了。從前在潮州巷裏，吃的豬肚和當今的有點不一樣，那時候的豬肚採用灌水方法，會令中間那層肉浮起來，整件豬肚半透明厚厚的，有種很特別的味道。當今沒有人會那樣做，從前的風味已失，但是也比沒有的好。豬紅當今配西洋菜，但幾十年前來吃的時候，是配珍

珠花菜，那最正統，但香港沒有人吃珍珠花菜，惟有用西洋菜來代替。懷舊豬什湯的正宗風味，連新加坡也再找不到了，最後只剩下在陳春記可以吃到。

曾記粿品
地址：上環皇后街 1 號熟食市場 8 號檔
電話：2540 6854

Chautari Restaurant
地址：上環皇后街 1 號熟食市場 6 號檔
電話：2600 4408

陳春記
地址：上環皇后街 1 號熟食市場 5 號檔
電話：3542 5793

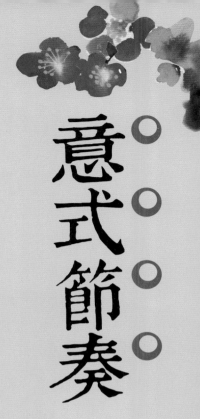

意式節奏

品嚐意大利美食
Mercato Gourmet

Mercato Gourmet 每個星期也會從意大利進貨，是最正宗的意大利超市。

很喜歡香港的老闆 Giando 已來港多年，乾脆就在這裏落地生根，開了好幾間超市和餐廳。

說到意大利，當然少不了意大利粉。自己做意大利粉挺麻煩，Giando 便介紹了 MARCOZZI di CAMPOFILONE 這款用了很多雞蛋製成的全麵粉意粉給我。意大利人會放蔬菜做配料，我們怎樣煮也不夠他們正宗，於是店長靈機一觸，把承傳自媽媽的獨門秘方配料弄成一包包發售，加熱就可以食用，極之方便。

店長把承傳自媽媽的獨門秘方配料，弄成一包包發售，加熱就可以食用，極之方便。

用很多雞蛋製成的 MARCOZZI di CAMPOFILONE 全麵粉意粉

意大利人喜歡吃內臟，Mercato Gourmet 有一包包的牛肚售賣。

意大利人也喜歡吃內臟，這裏有一包包的牛肚售賣。

黑松露和白松露這裏都有售，以前是用豬去找，但豬很貪吃，找到松露就會吞掉，而狗不會，所以便以狗代豬；能夠賣到錢，狗狗便要不停工作了。

有年帶團去意大利旅遊，餐廳提供的那盤松露又大又多，廚師拿着松露在我們的意大利粉上不停削，起初大家以為那一盤是給全餐廳的客人吃，但原來是供我們這團人盡情享用，大家都吃得很過癮很開心。

各種海鮮種類讓人目不暇給，店家逢星期一進貨，客人選購得不亦樂乎。把蜆澆在意粉之上，馬上充滿意大利風味，但要說味道最濃郁的，就非紅蝦莫屬。這裏有賣最優質的紅蝦，Gambero 是蝦的意思，Rosso 是紅的意思，兩個意思加起來就是紅蝦。這款紅蝦煮意大利粉是一流的，再加上些小蝦就更滋味無窮了。愛吃明太子的意大利人，喜歡把它削碎澆在意粉上。

白松露

Gambero 是蝦的意思，Rosso 是紅的意思，兩個意思加起來就是紅蝦，這款紅蝦煮意大利粉是一流的。

　　酒類的話，Giando 推薦意大利中部 Marche 所產的 Pinot Noir，還有帶一點甜的 Storica。我則挑選了一支 Grappa。

　　我從這間意大利超市買了各種食物，有現成的，也有要烹調的。

　　其中 100% 肥的肥豬肉鹹味中帶一點甘香，完全不像在吃肥豬肉，美味到讓人難以忘懷！

　　很多人都吃西班牙火腿，但 Parma ham 沒有那麼濃味的。我買醃製了十六個月的 San Daniele 火腿和豬頭肉火腿，跟香甜可口的蜜瓜是很好的配搭。豬頭肉

愛吃明太子的意大利人，喜歡把它削碎澆在意粉上。

各種海鮮種類讓人目不暇給，店家逢星期一進貨，客人選購得不亦樂乎。

火腿的做法是先把豬頭煮熟，切開一份份，再用機械壓製成一大塊，最後切成片。兩種火腿的味道各有不同，San Daniele 火腿是偏甜味的，豬頭肉火腿味道則比較重。除了蜜瓜以外，還可以用很地道的番茄配搭，同樣味道香甜。

意大利中部 Marche 所產的 Pinot Noir 酒

　　吃火腿通常都會配上蜜瓜一起吃，意大利的蜜瓜跟日本的蜜瓜不同，日本蜜瓜沒有那麼清香，所以我會選擇意大利的種，既香且便宜。至於意大利的番茄，可以像吃牛排一樣橫切來吃，選擇軟的比較好，會比較多汁。

帶一點甜的 Storica 酒

味道比較重的豬頭肉火腿

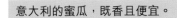

意大利的蜜瓜，既香且便宜。

火腿除了配蜜瓜一起吃以外，還可以用很地道的番茄配搭，同樣味道香甜。

L'OTTAVIO PICHIN，這是我吃過最濃味的芝士。

　　除此之外，我還買了一塊 L'OTTAVIO PICHIN，這是我吃過最濃味的芝士，如果你是喜愛此道之人，它會替你打開認識芝士的新天地，你慢慢咀嚼會發現它很味美，吃到最後齒頰留香。另一款軟芝士 Mascarpone，常見是配 Tiramisu 一起吃的。

　　輕輕鬆鬆地吃一頓意大利菜的話，當然要配酒了。Grappa 是一款平民喝的酒，最初是用葡萄皮、葡萄籽等等看似沒用的葡萄渣釀成，當今受歡迎了，就變成把優質的葡萄去掉肉，只用它的皮和梗來釀酒。吃意大利菜時，Grappa 是一種飯後酒，但我喜歡飯前喝。我稱它為「快樂水」，因為一喝就會快快樂樂，說話的氣氛也輕鬆得多。

　　我吃麵包有一個很獨特的吃法，就是直接在麵包表面磨蒜頭，西班牙人都是這樣吃的，然後再用番茄磨一下，讓人回味無窮。

　　另一種吃法是倒上用意大利紅蝦製成的蝦頭醬，如覺得仍不夠鹹，可以再加上意大利魚露代替鹽，這和潮州人的吃法很接近，所以我覺得意大利人和潮州人是很相似的。

　　品嚐過現成的意大利美食之後，我當然要親自下廚，做出意大利美食佳餚跟友人們分享。我烹調了三種菜式：紅蝦蝦膏炒意粉、炒八爪魚和炒菇。

　　首先，紅蝦蝦膏炒意粉的做法：先煎那最高級的豬油，放些蒜頭，再放紅蝦，加一點魚露，翻炒一會

意大利紅蝦製成的蝦頭醬

意大利魚露

我烹調了紅蝦蝦膏
炒意粉和炒八爪魚

就盛在碟上。接着把小蝦全部放進鍋爆炒，不用炒太久，然後把意粉也放進去，澆上蝦油，再加上秘密武器蝦粉，再炒一炒後加上紅蝦就大功告成了。通常煮紅蝦會裹上麵包粉再拿去油炸，但我覺得要原汁原味，所以簡單煎一下就可以了。

我做的炒菇很爽口鮮甜，鮮甜得像加了糖。

最後一道炒八爪魚，八爪魚吃起來仍軟身的，秘訣是煮的時候加了紅蝦頭膏油。果然優質的原材料，怎樣煮也好吃，因為這些食材夠新鮮，隨便煮一下就是美味可口的佳餚了。

吃過主食之後，怎能不吃甜品呢。我以前是不吃

甜食的，但是六十歲那天，身體檢查驗出我有糖尿病，當不讓我吃的時候就會變得很想吃，結果當今看到甜食就雙眼發亮。飯後甜品有 Bread Secret 的 Queenie 自家製的杏仁薄脆、紅莓杏仁鳥結糖、法式巧克力撻和榴槤 Bomboloni。

有很香奶味的紅莓杏仁鳥結糖，不像坊間的那麼硬，酥酥脆脆；法式巧克力撻用了 70% 的巧克力來製作，不會很甜但有濃郁巧克力的香味。

飯後甜品有 Bread Secret 的 Queenie 自家製的杏仁薄脆

很香奶味的紅莓杏仁鳥結糖，不像坊間的那麼硬，酥酥脆脆。

法式巧克力撻用了 70% 的巧克力來製作，不會很甜但有濃郁巧克力的香味。

榴槤 Bomboloni，法式甜品配榴槤，外層麵包是軟的，內層有厚重的榴槤味，十分新奇的甜品。

在意大利超市買的雲呢拿雪糕

這款雪糕因為用了雞蛋，所以是黃色的，裏面還能看到很多雲呢拿籽，味道好極了。

而法國人稱為 Bomboloni 的甜品，是「炸彈」的意思，類似甜甜圈但被改良成有餡的。這 Bomboloni 餡料是我最愛的榴槤，法式甜品配榴槤，外層麵包是軟的，內層有厚重的榴槤味，十分新奇的甜品。

最後，當然少不了我很喜愛的雪糕。我在意大利超市買的雲呢拿雪糕，跟平常的不同，這款雪糕因為用了雞蛋，所以是黃色的，裏面還能看到很多雲呢拿籽，味道好極了。我還推薦另一種吃法，就是倒一些酒進去，會變得更好吃。

製作食物要有個性，才會令人留下記憶；所有東西如果變悶，就會不好吃了。

這絕對是完美的一餐！

Mercato Gourmet

地址：灣仔永豐街 3-11 號

電話：2511 1252

網址：https://www.mercatogourmet.com.hk

食材齊全的意大利超市
Mercato Gourmet
Gran Selezione

Mercato Gourmet 的老闆 Giando，
在半島酒店商場開了這間面積更大的
意大利超市 Mercato Gourmet Gran
Selezione，食材更全面更齊全。

Mercato Gourmet 的老闆 Giando，在半島酒店商場開了這間面積更大的意大利超市 Mercato Gourmet Gran Selezione，食材更全面更齊全。

一大磚巨如車輪的意大利 Parmigiano Reggiano 芝士，Giando 切開讓我品嚐，這是非常優質的芝士，含有豐富脂肪，香濃滑膩，流出的油分味道更是一流。芝士磚很巨型，重約三十八至四十公斤，需要身材健碩的人才能切得開。Giando 每星期會打開一個芝士，切成一塊塊的出售，方便購買小份的顧客。

一大磚巨如車輪的意大利 Parmigiano Reggiano 芝士

店裏最臭、氣味最濃烈的是 Montebore 芝士，當今意大利只有一個人在生產。

Blu 61 芝士，是由芝士大師 Mr. Antonio Carpendo 命名的。2011 年慶祝結婚五十週年時，他製作了這款芝士送給妻子。

Giando 跟我笑說人們結婚是會有定情戒指的，而他就和芝士定情了。原來他手指上有一條大傷疤，是被芝士刀割傷的，就像是跟 Parmigiano Reggiano 結婚了。

店裏最臭、氣味最濃烈的是 Montebore 芝士，當今意大利只有一個人在生產。它是由牛奶及羊奶混合製成，用機器混合了三種小型芝士，吃上去有三種不同層次的味道。

另一款 Blu 61 芝士，是由芝士大師 Mr. Antonio

Carpendo 命名的。

　　他和妻子在 1961 年結婚， 2011 年慶祝結婚五十週年時，他製作了這款芝士送給妻子。結婚後他們去了加拿大度蜜月，喜愛吃黑森林蛋糕的她，在那裏第一次吃到蔓越莓，因此他便將藍芝士和蔓越莓結合，做出這款美味的藍芝士，如果想吃重口味的芝士，就挑這款 Blu 61 吧。

　　除了芝士，這裏還有很多醃製食品。其中一款醃製火腿需放入水及用白酒浸泡一至兩天，去除包裹着的膀胱皮氣味，火腿就算風乾了，仍有人不喜剩下的膀胱味道，食用前要再用紅酒或白酒浸泡一天，清洗乾淨後氣味才徹底清除。

店內有很多醃製食品

意大利豬肝肉腸 Salamella
di fegato Sano

挑選橄欖油時直接喝下
去，可以真正享受到它
的原汁原味。

充滿肉質脂肪的豬面頰，中間部份有些瘦肉，很適合
用來煮 Carbonara 意粉。

　　如果你喜歡吃特別的食物，可以嚐嚐意大利豬肝
肉腸 Salamella di fegato Sano。值得一嚐的還有充滿肉
質脂肪的豬面頰，中間部份有些瘦肉，很適合用來煮
Carbonara 意粉。

　　說到意大利食材，橄欖油是不可缺少的。經常
有人問我買哪一款橄欖油，其實橄欖油也有分季節出
產的，挑選時直接把橄欖油喝下去，可以真正享受到
橄欖油的原汁原味。橄欖油一定要配合陳醋，我推薦
100% 的意大利葡萄黑醋和另一款 Essenza 意大利陳
醋，價錢非常合理。

要選購意粉的話，推介 Spinosi 品牌的意粉，我喜歡它有雞蛋成份，而且是全手工製作的。另一首選便是 Spinosini 幼麵，這品牌還有 Pappardelle 寬麵、Tagliolini 幼麵和墨汁麵等等。

另一款值得推薦的意粉品牌 Ilmulino，生產商認為和自家生產的番茄醬是絕配，由媽媽級員工利用啤酒樽加入番茄醬，再自行封蓋後販賣。

Funghi Procini 牛肝菇菌，一顆顆的浸泡在油內，簡單的煎一下，再加在意粉上，香濃美味。

佳節前夕，很多顧客會來這超市購買聖誕蛋糕。Giando 推薦一款藍色包裝，來自他家鄉意大利南部 Basilicata 出產的海鹽焦糖蛋糕。這款蛋糕來頭不小，它在不同的比賽中都得過冠軍，而且是連續四至五年都取得 Gambero Rosso 的比賽冠軍，難怪 Giando 也為它感到自豪。除了普通食法，還有另一種食法，就是

100% 意大利葡萄黑醋

Essenza 意大利陳醋，價錢非常合理。

選購意粉的話，首選 Spinosini 幼麵。

Pappardelle 寬麵

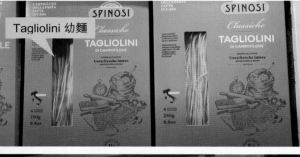

Tagliolini 幼麵

墨汁麵

Spinosi 品牌的意粉有雞蛋成份，而且是全手工製作的。

意粉品牌 Ilmulino，生產商認為和自家生產的番茄醬是絕配，由媽媽級員工利用啤酒樽加入番茄醬，再自行封蓋後販賣。

Funghi Procini 牛肝菇菌，一顆顆的浸泡在油內。

意大利南部 Basilicata 出產的海鹽焦糖蛋糕，在不同的比賽中都得過冠軍，而且是連續四至五年都取得 Gambero Rosso 的比賽冠軍。

花花世界——香港美食篇

沾一點意大利陳醋。這蛋糕沒添加任何防腐劑，所以只能保存三十天，是聖誕節期間限定的蛋糕。

另一款紅色包裝的蛋糕來自意大利西西里島，當今的教宗是意大利裔的，他把這款蛋糕作為禮物送給朋友。

吃過很多不同的雪糕，但要數全天下最好吃的雪糕，非意大利雲呢拿雪糕莫屬，我每次來都必買的。由我這「雪糕狂」介紹的雪糕一定非常美味，錯不了的。

意大利超市 Mercato Gourmet Gran Selezione
地址：尖沙嘴梳士巴利道 22 號半島酒店商場地庫 6-8 號舖
電話：2511 8892
網址：www.mercatogourmet.com.hk

要數全天下最好吃的雪糕，非意大利雲呢拿雪糕莫屬。

來自意大利西西里島紅色包裝的聖誕蛋糕，是當今的意裔教宗送給朋友的禮物。

全手工意大利雪糕店
DOOꓷ

DOOꓷ BOTTEGA GELATERIA，招牌一個 D 字正向右邊，另一個 D 字反向左邊。

我們一般吃雪糕都是先從吃雪條開始，之後進化到吃超市賣的杯裝雪糕。那些雪糕都是大量生產的，因為牛奶成份很多，所以味道還算好吃，但是吃多了就會不滿足於此。香港人喜歡去旅行，當去到意大利便一定會愛上意大利雪糕。

在香港有一間叫多得意大利雪糕店，它的意大利雪糕做得很出色。

起初雪糕店只有英文名字DOOD，招牌一個 D 字正向右邊，另一個 D 字反向左邊，並沒有中文名字，後來我跟老闆 Jackson 熟絡後，跟他説店舖一定要有中文名字才可以。對喜歡的店舖，我會寫一幅招牌送給他，於是我把店舖的英文名字DOOD譯成「多得」，可以稱為「多得意大利雪糕」，又可以叫作「多得意」雪糕。

我寫了一幅招牌送給老闆 Jackson，並把店舖的英文名字DOOD譯成「多得」，可以稱為「多得意大利雪糕」，又可以叫作「多得意」雪糕。

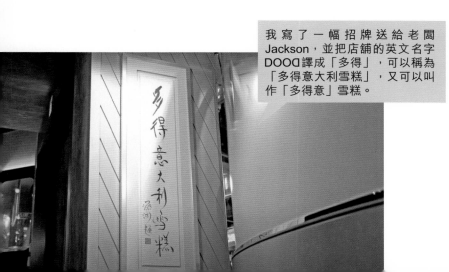

153

意大利雪糕的特色是會使用新鮮的原材料和最合時令的水果，利用果汁打成漿製成的，能令客人品嚐到食材的新鮮度。

老闆 Jackson 十分熱愛意大利雪糕，甚至遠赴意大利雪糕大學留學。以前他因公幹去了意大利，結果接觸到 Gelato 這種美食，為了把這種優質雪糕帶來香港，便開了這間雪糕店。

我們平常吃雪糕，不容易感覺到雪糕是否很新鮮，但吃過意大利雪糕後，就會知道它跟傳統雪糕的分別。意大利雪糕的特色是會使用新鮮的原材料和最合時令的水果，利用果汁打成漿製成的，能令客人品

花花世界——香港美食篇

嚐到食材的新鮮度。

我們不能小看製造意大利手工雪糕的機器，它是 Jackson 花費了三百多萬，從意大利空運到港，只有它才能夠做出真正意大利雪糕的質感和味道。

我嚐了時令的日本岡山縣的清水白桃，雪糕中的白桃味非常濃。最好的白桃是在岡山縣出產的，一箱岡山縣的清水白桃便要港幣二千多元，挺昂貴的。Jackson 先把白桃洗乾淨，去皮、去核再切粒，然後便可以拿去打雪糕，先把果粒打成雪糕漿，再將雪糕漿倒入機器攪拌。

水果類口味還有荷蘭的特濃士多啤梨，跟新鮮的士多啤梨相比，雪糕機打出來的顏色卻沒那麼鮮紅，這是因為沒有添加人造色素。

此外，海鹽焦糖和日本京都抹茶都是讓人吃上癮的雪糕口味。把海鹽加在焦糖中的海鹽焦糖雪糕，是其中一種我最喜歡的意大利雪糕。至於抹茶雪糕，用

了日本京都宇治抹茶粉，為了保持新鮮度，店家是接近用光才會從日本訂購新磨製的回來。抹茶雪糕使用的抹茶粉跟坊間的綠茶粉很不一樣，很特別，只要一嚐便會高下立見。

推薦我最喜歡的意大利花之語牛奶味雪糕，還有日本世界一金芝麻味雪糕，同樣美味可口。

買一杯奶昔，試一種或兩種口味合併的雪糕杯，嚐一下就會知道這裏的意大利雪糕和其他雪糕的分別，是另一個層次的境界。

海鹽焦糖味奶昔

　　多得意大利雪糕店還有隨你喜愛而選擇口味的奶昔，我喝了海鹽焦糖味奶昔，味道很濃郁，真的很好喝。

　　買一杯奶昔，試一種或兩種口味合併的雪糕杯，嚐一下就會知道這裏的意大利雪糕和其他雪糕的分別，是另一個層次的境界。

Dood Bottega Gelateria 多得意大利雪糕

地址：九龍尖沙嘴梳士巴利道 18 號 K11 Musea 地庫二
　　　層 B201-23 號店

電話：9699 6624

網址：https://www.k11musea.com/zh-hk/taste/dood-bottega-gelateria/

香港跑馬地的小拿坡里
Little Napoli HK

跑馬地的 Little Napoli，
是一間正宗的意大利薄
餅專門店。

和兩個好朋友一起到訪跑馬地的 Little Napoli，那是一間正宗意大利薄餅專門店。

瑪格麗塔 Margherita 是拿坡里極具代表性的薄餅，很多人來「小拿坡里」就是為了吃它。瑪格麗塔薄餅是考驗餐廳質素之作，如果做得不好的話，餐廳也就不用繼續經營了。

店內所有的東西連同火爐都是由拿坡里運來的。重四噸的火爐，在拿坡里用傳統方法把磚一塊一塊堆砌而成，然後再整個運來香港；跟當地不同的，這火爐不是燒木炭，而是用煤氣。

意籍主廚 Gavino Pilo 為我示範了如何做傳統瑪格麗塔薄餅，他先在薄餅皮上塗上一層天然日曬的意大利 San Marzano 香濃番茄醬，再加上 Pecorino Romano 羅馬羊奶芝士、新鮮羅勒和拿坡里的 Agerola Mozzarella 阿傑羅拉水牛芝士等配料，最後再澆上初榨的橄欖油，便可放入火爐烤焗九十秒。接下來，需

把薄餅轉動一圈後，放回同一位置，餅底才不會烤焦，烤焗好的薄餅顏色就像豹紋一樣美麗。

拿坡里的瑪格麗塔薄餅吃法，在進食前先把薄餅摺疊一下，外觀好看又香味十足。

擔心外賣薄餅會變涼的話，這店很貼心，他們的外賣盒可以長時間保溫，盒內有一個小托盤承托薄餅，方便客人直接把小托盤拿出來，放進焗爐加熱。外賣盒上更附有拿坡里當地吃薄餅方法的教學示意圖，讓你吃得更像一個拿坡里人。

Gavino Pilo 向我介紹了一款特別的芝士，名為 Fior di Latte，意思是「牛奶之花」。這芝士的特別之處，是特製的包裝紙可以令到芝士不會變黃變乾，口

名為 Fior di Latte 的芝士，意思是「牛奶之花」。

瑪格麗塔薄餅是考驗餐廳質素之作，如果做得不好的話，餐廳也就不用繼續經營了。

這款用碎豬肉腸做的 White Base 薄餅，沒加番茄醬，倒有點中式風味，微辣又香口。

感鮮嫩如新鮮牛奶，這就是它與其他水牛芝士的不同。這款 Fior di Latte 芝士有兩款味道，分別為經典風味和煙燻口味，如果想吃到傳統正宗的拿坡里薄餅風味，就要用經典風味那款來做，其他水牛芝士做不出那種風味。

　　店長 Vicki 跟我介紹的多款拿坡里菜式，都用上了豬肉腸和西蘭花葉，因為兩者的味道互相配合。我吃了一款用碎豬肉腸做的 White Base 薄餅，沒加番茄醬，倒有點中式風味，微辣又香口。

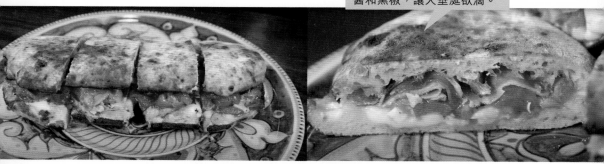

　　其他菜式還有三文治 Panuozzo，餡料有羅馬的乳
豬肉 Porchetta 和煙燻過的芝士，再配上番茄醬和黑
椒，讓人垂涎欲滴。

　　還有拿坡里的街頭小吃油炸薄餅 Cicoli Ham &
Ricotta，我笑稱這是「鬼佬油角」。雖是小吃但卻頗
花功夫，要吃的話需要提早預訂，又如果客人較多的
時候，便沒空做了。

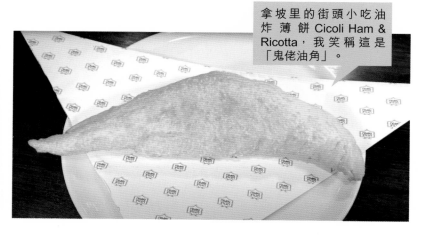

花花世界——香港美食篇

必點的是酥皮甜品，熱燙的一層層酥皮，包着滿滿的乳清芝士。

最後必點的是酥皮甜品，熱燙的一層層酥皮，包着滿滿的乳清芝士，入口鬆脆「卜卜脆」，吃過的人都會拍手叫好。

Little Napoli HK
地址：香港跑馬地景光街 8 號地舖
電話：6882 1823
網址：https://me-qr.com/4733535

意式體驗
BluHouse

由米芝蓮大廚主理的瑰麗酒店
BluHouse 意大利餐廳

環境氣氛不錯

說到西餐，很多人的印象中就是法國菜，吃法國菜一般要花數小時，我忍受不了。

那我喜歡甚麼西餐呢？我喜歡意大利菜。在尖沙嘴的瑰麗酒店，開了這間由米芝蓮大廚主理的 BluHouse 意大利餐廳，是我愛流連的地方。

餐廳的另一角落

獨立廂房

各式種類特別又美味的火腿

Culatello 是將醃製的豬後腿肉，放在豬膀胱內進行風乾，這個比 Parma ham 或 San Daniele ham 好吃。

　　BluHouse 甚麼前菜也有，包括各種芝士和各式種類特別又美味的火腿。

　　Culatello 是將醃製的豬後腿肉，放在豬膀胱內進行風乾，這個比 Parma ham 或 San Daniele ham 好吃。一盤盤的牛頰肉（Beef Cheek）和豬排骨（Pork Ribs）很吸引，但我更愛牛肚（Beef Tripe）。一卷卷外層全是肥肉的 Culatello 火腿，入口甘香滋味。我對雞肉沒有興趣，覺得雞是所有肉類中，最沒有性格的，所以我很少食用。

　　對喜歡吃芝士的人，我大力推薦 Gorgonzola，味

花花世界——香港美食篇

芝士種類也不少

對喜歡吃芝士的人，我大力推薦 Gorgonzola，味道香濃誘人。

最佳的夏天飲品 Moscato D'Asti，是意大利人的可口可樂，挺甜的甜酒。

Pizza al Taglio，上方是 Mortadella 火腿，配上 Buffalo Mozzarella 芝士，再鋪上烤過的 Pistachio 果碎。

道香濃誘人。

夏天要喝一杯 Moscato D'Asti，這是意大利人的可口可樂，是種非常甜的甜酒，乃最佳的夏天飲品。

BluHouse 的薄餅很正宗，全部由意大利來的師傅製作。Pizza al Taglio，上方是 Mortadella 火腿，配上 Buffalo Mozzarella 芝士，再鋪上烤過的 Pistachio 果碎。另一款 Pizza al Taglio 是較為傳統的 Pizza Margherita，上面有 Buffalo Mozzarella 芝士，番茄是 Datterino Tomatoes，加上 Basil 羅勒葉作為襯托。

傳統的 Pizza Margherita，上面有 Buffalo Mozzarella 芝士，番茄是 Datterino Tomatoes，加上 Basil 羅勒葉作為襯托。

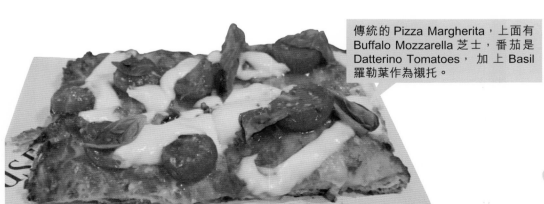

甜品種類繁多,令人目不暇給。

去過西西里島的話,就會喜歡吃 Sicilian Cannoli 煎餅卷,味道類似奶酪卷。

Venchi 是意大利最傳統的雪糕店之一,從 1878 年開業至今。

意大利人吃東西較為樸素,有時候我們會覺得不滿足,不滿足的話,多點一道牛肚,Pizza Margherita 配美味的牛肚就相當滿足了。

我最喜歡吃烘烤脆皮豬肉（Porchetta），意大利人做得非常出色,豬皮燒得很香脆。BluHouse 做的傳統 Carbonara 意粉,雖然份量比較少但味道同樣出色,配上 Porchetta 的豬皮吃是一絕。

吃了很多肉,是時候吃一點甜品了,這裏的甜品種類繁多,令人目不暇給。

有大家很熟悉的 Tiramisu 蛋糕和 Baba 奶油蛋

在戶外陽台對着維港無敵海景,邊吃雪糕邊享受涼風陣陣,典雅的意式體驗。

糕等。如果去過西西里島的話，就會喜歡吃 Sicilian Cannoli 煎餅卷，味道類似奶酪卷。

我至愛的甜品是意大利雪糕，Venchi 是意大利最傳統的雪糕店之一，從 1878 年開業至今。選了有機榛子（Piedmont Hazelnut）和雲呢拿（Vanilla），在戶外陽台對着維港這無敵海景，邊吃雪糕邊享受涼風陣陣，典雅的意式體驗。

BluHouse

地址：香港九龍尖沙嘴梳士巴利道 18 號香港瑰麗酒店地下

電話：3891 8732

網址：https://www.rosewoodhotels.com/en/hong-kong/dining/bluhouse

烘烤脆皮豬肉（Porchetta），意大利人做得非常出色，豬皮燒得很香脆。

傳統 Carbonara 意粉味道同樣出色

牛肚配 Pizza Margherita，吃得很滿足。

日本風情

日本直送的炭燒鰻魚飯店
炭家 Sumiya

香港長期沒有賣鰻魚飯的
專門店，炭家是第一間。

我常說香港甚麼都有，包括很多種類的日本食肆也有，但長時間以來，就是沒有賣鰻魚飯的專門店。炭家是第一間。

他們的鰻魚是日本直送，新鮮活宰即場燒製，所以需時等候，在這等待的時刻，可叫道角煮來吃。角煮其實是日式的東坡肉，豬肉四四方方的很好吃，但最好吃的是吸滿肉汁的白蘿蔔。雖學習了中菜的煮法，但是有另外一種風味，十分值得品嚐。

凡是鰻魚店一定有鰻魚厚燒玉子，就是先把鰻魚蒲燒後，再放在滿佈蛋漿的玉子燒鍋上，鰻魚在蛋漿中間，把它一下一下地捲起來，捲成長方形狀後切件，這是一道下酒菜式，味道挺好的。

角煮其實是日式的東坡肉，豬肉四四方方的很好吃，但最好吃的是吸滿肉汁的白蘿蔔。

鰻魚厚燒玉子，味道挺好的一道下酒菜。

只有是新鮮活宰的鰻魚店，才會有鰻魚肝。

八幡鰻卷，用鰻魚把牛蒡捲起來吃。

　　如果你去一間鰻魚店叫燒鰻魚肝，而他們是沒有的話，那麼這間店子的鰻魚，一定是在中國大陸先燒好，加工後才運到香港的。只有是新鮮活宰，才會有鰻魚肝。鰻魚肝是吃鰻魚飯當中重要的一環，吃的時候撒一些山椒粉，吃不慣的人會覺得像肥皂味，習慣的人會很喜歡；吃了之後會有一些麻痹的感覺，好像麻醉的效果，味道略苦但特別好吃。

　　八幡鰻卷也是鰻魚店常見的，用鰻魚把牛蒡捲起來吃，因為鰻魚是新鮮活宰，肉質較為紮實美味得很。

鰻魚蒸蛋十分正宗，嫩滑好吃。

鰻魚在日本主要有兩種食法，一種是在鰻魚表面沾上醬汁，這種稱為蒲燒鰻魚；另外一種做法是沒有醬汁的，稱為白燒鰻魚。吃鰻魚不夠油份的話就不要吃，這裏的白燒鰻魚就油脂充盈；喜歡吃鰻魚的人會較為喜歡白燒，撒上山椒粉吃很滋味。

鰻魚在日本主要有兩種食法，一種是在鰻魚表面沾上醬汁，這種稱為蒲燒鰻魚；另外一種做法是沒有醬汁的，稱為白燒鰻魚。

鰻魚蒸蛋十分正宗，嫩滑好吃。

吃完鰻魚後，把茶漬倒下去，馬上變成鰻魚茶漬飯，這是名古屋的食法。

鰻魚盒飯，是最美味和最肥美的，用蒲燒的做法，配上蒲燒醬汁給客人自己澆。

　　吃完鰻魚後，把茶漬倒下去，馬上變成鰻魚茶漬飯，這是名古屋的食法，東京人不會這樣吃，來到炭家可以嘗試一下，這種食法就算去了東京也吃不到。

　　一定要吃的還有鰻魚盒飯，是最美味和最肥美的，用蒲燒的做法，配上蒲燒醬汁給客人自己澆。

　　吃了那麼多東西還是不飽的話，還有一款燒烤飯糰，也是沾上蒲燒醬汁食用。

　　店內有一種叫「艷姬」的純米吟釀，這種清酒絕對值得一試，沒有給人炒高價格還算便宜。

　　有四十年經驗的日籍主廚江藤先生監督，他貫徹日本傳統料理追求認真及製作嚴謹的精神，新鮮鰻魚日本直送即場活宰，再以日本廣島縣產的備長炭烤製，客人自然吃得滿意又滿足。

炭家 Sumiya

地址：中環歌賦街 24 號地下
電話：2727 0013
網址：https://inline.app/booking/sumiya/sumiya

沾上蒲燒醬汁食用的燒烤飯糰

純米吟釀「艷姬」，這種清酒絕對值得一試。

關西風的京都煮專門店

Kyoto-ODEN

Kyoto-ODEN 是一間很難得的香港關東煮專門店

京おでん まさ
Kyoto-ODEN

Kyoto-ODEN 是一間很難得的香港關東煮（おでん，Oden）專門店。關東煮在日本很常見，通常是「二次會」時的選擇，指吃完飯或喝酒後再去續攤。關東煮在台灣稱為「黑輪」，為何叫作「黑輪」？台灣的閩南語形容黑是「烏」，「烏駿駿」的「烏」，「lián」是車輪，本是「烏輪」，因其讀音相近，關東煮便叫作「黑輪」。

關東煮一般有劃分關東風和關西風，Kyoto-ODEN 是關西風的，招牌寫着京おでん，就是京都的關東煮。

關東煮在日本很常見，通常是「二次會」時的選擇，指吃完飯或喝酒後再去續攤。

傳統的關西 Oden，通常會有魚餅、蘿蔔、雞蛋和蒟蒻這幾種食物。

我一直想知道吃完關東煮，那個湯汁會喝嗎？在東京吃關東煮時，我們看到湯慣常會喝一口，但是在東京的日本人是不會喝的，相反關西的人就會喝。

原來關東風和關西風的明確分別是，關東風顏色較深，湯底用鰹魚、濃醬油、砂糖和味醂，味道較濃郁；關西風會用昆布取代鰹魚，不會加入砂糖和味醂，用高湯烹調，味道較清甜，所以關西人就會喝湯汁。關西風的 Kyoto-ODEN 為了使客人能夠喝到湯，他們會多放一點。

傳統的關西 Oden，通常會有魚餅、蘿蔔、雞蛋和蒟蒻這幾種食物。

稱為「竹輪」的魚餅，製作時用筒支插着在火爐上燒烤。「大根」就是蘿蔔，把昆布的刨絲放在蘿蔔上，美味又有益。「玉子」就是雞蛋，蛋黃流心的。很受日本人喜愛的蒟蒻「こんにゃく」，本身沒有味道全靠吸取湯汁，這裏倒煮得相當入味很好吃。

稱為「竹輪」的魚餅，
製作時用筒支插着在火
爐上燒烤。

「大根」就是蘿蔔，把
昆布的刨絲放在蘿蔔
上，美味又有益。

「玉子」就是雞蛋，蛋
黃流心的。

很受日本人喜愛的蒟蒻

最後我也學關西人把湯喝下，很鮮甜。

以前我在日本讀書，深夜感到肚餓時，便會出門找東西吃。小販會推路邊攤（屋台）出來，車上的煮爐分為很多格，裏面有很多不同的食材。

至於日本酒，他們會用銅製容器盛載並插在熱湯內，燙熱來給客人喝，在寒冷的冬天，這樣喝上一杯，全身都馬上暖和起來。可惜當今已沒有這種燙法了，因為人們覺得不衛生。

接下來是八爪魚（タコ），東京的關東煮是不會用這種食材，根據 Kyoto-ODEN 大廚林雅範所說，只有關西那邊才會用上八爪魚。通常在地中海的八爪魚，本身質地是較軟腍的，很容易煮得好吃，所以意大利菜中常會採用，但是亞洲的海域，八爪魚處理得不好便會很硬身。這裏的八爪魚很軟腍又柔軟，原來秘訣是給牠按摩，根據牠的纖維來決定按摩力度和時間，難怪這麼好吃。

　　當有新鮮或特別的食材，大廚便會寫在黑板上，期間限定的蜆肉和魚肉剁碎製成的魚丸湯（貝真丈），是很好的下酒菜。

八爪魚很軟腍又柔軟，秘訣是給牠按摩，難怪這麼好吃。

期間限定的蜆肉和魚肉剁碎製成的魚丸湯（貝真丈），是很好的下酒菜。

捲椰菜，用高麗菜包着碎肉，再用一條可以食用的乾葫蘆絲作結綑綁着，味道出奇的好吃。

捲椰菜（ロールキャベツ），是用高麗菜包着碎肉，再用一條可以食用的乾葫蘆絲作結綑綁着，味道出奇的好吃。

京都產的賀茂茄子，顏色很漂亮，關西人的傳統做法會用刀削去部份外皮，在茄子上形成紫白梅花間竹的美麗花紋，上菜時，配襯旁邊的燙豆腐，整個菜式外觀漂亮味道鮮甜。

京都產的賀茂茄子，配襯旁邊的燙豆腐，整個菜式外觀漂亮味道鮮甜。

腐皮福袋，用豆皮做成一個袋，裏面放了年糕，上方用乾葫蘆絲綑綁着。

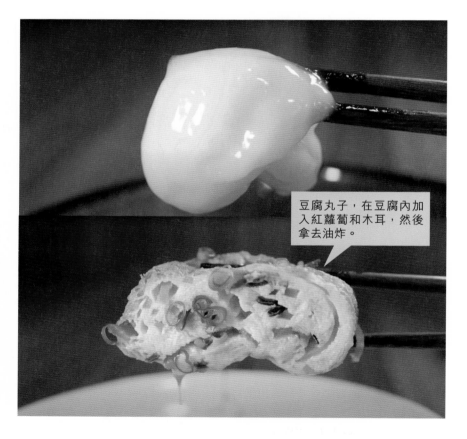

豆腐丸子，在豆腐內加入紅蘿蔔和木耳，然後拿去油炸。

雞肉丸和炸魚餅

　　腐皮福袋（もち巾着），用豆皮做成一個袋，裏面放了年糕，上方也是用乾葫蘆絲綑綁着。我一向認為年糕沒有味道，但是這店的年糕卻很入味。

　　豆腐丸子（飛竜頭），在豆腐內加入紅蘿蔔和木耳，然後拿去油炸。

　　最後一道菜是用雞肉做成的肉丸（鶏つくね）、炸豆腐和炸魚餅（さつま揚げ）。一般的日本魚餅沒甚麼味道，Kyoto-ODEN的魚餅卻做得很好，沾上由他們用芥子葉自家磨成，較一般深色的芥末醬（から

自家製的柚子醬和芥末醬

暖簾是指以竹枝懸掛在門口的一塊布，每次營業時便掛出來。

し）和柚子醬（柚子こしょう）進食。最後自然要喝一口湯。

　　所謂「のれん」漢字是暖簾，指以竹枝懸掛在門口的一塊布，這塊布一定要留住，每次營業時便掛出來，永永久久地保持不變。暖簾不變，食品的味道不變，價錢最好也不變，因為價錢每上漲一次，客人就會減少些，經營食店真是很困難的。

Kyoto-ODEN

地址：香港銅鑼灣謝斐道 508 號聯成商業中心 11 樓
　　　1103 室

電話：2891 1530

網址：https://www.quandoo.com.hk/hk/place/kyoto-
　　　oden-masa-90537

情迷韓國

尖沙嘴的小首爾
金巴利街

尖沙嘴的金巴利街，經過多年發展，慢慢地開了一間又一間的韓國店舖，形成了以前我們叫的小漢城，當今就叫小首爾。

這裏是非常平民化的，逛一逛就知道哪一間店子最好，那就是你最慣性去的那間。來到這些外國餐廳，去經常光顧的，和店員熟悉後，就會感覺那裏的東西最好吃。

這裏除了餐廳之外還有很多雜貨舖，有些是舊式小店，也有比較現代化的。好像BANCHAN這間店子，一定要介紹。BANCHAN 是拌菜的意思，去韓國餐廳一定會給你很多拌菜，吃着吃着就會覺得拌菜比主菜

BANCHAN 專賣拌菜的店子

好吃。這家人很有頭腦，開了一間專賣拌菜的店，琳瑯滿目種類繁多，每一樣都很吸引，像是對着你説：「吃我吃我」。韓籍老闆娘用廣東話和我聊天，説以前我拍攝過的電視節目，曾經三次介紹過她的店子，她在這裏經營了幾十年，難怪説得一口流利廣東話。

最受歡迎的韓國拌菜就是泡菜，新鮮的沒那麼酸和鹹，我每次來都必買一份最新鮮的，非常好吃，百食不厭。

自家即場製作的捲飯，裏面已切成一塊塊可以直接吃，和日本的不同，它是比較甜一點，好吃一點。

論明太子，韓國的比日本優質和便宜，因為明太魚是由韓國游下，所以喜歡吃明太子的人來這裏買就對了。

花花世界——香港美食篇

自家即場製作的捲飯，裏面已切成一塊塊可以直接吃。

韓國的明太子比日本優質和便宜

　　附近也有一間賣拌菜的店子，生醃八爪魚和魷魚，一小份賣十五元。他們也賣韓國的街頭小吃，如日本關東煮魚餅之類的東西，還有當今很流行的油炸熱狗，有不同的口味供選擇，讓人有置身韓國街頭的感覺。當然也少不了，各種醃好的肉類陳列在凍櫃內，給客人買回家烤來吃。

BANCHAN 附近，有一間賣拌菜的店子，販賣生醃八爪魚和魷魚。

如日本關東煮魚餅之類的韓國街頭小吃

各種醃好的肉類陳列在凍櫃內，給客人買回家烤來吃。

不同口味的油炸熱狗

新國華肉食公司，主要賣美國牛、韓國牛、豬肉和韓式醃肉等。

　　韓國人覺得吃即食麵一定要用鍋才好吃，這裏有間店子的門口就放滿大大小小不同的金屬鍋。也發現一樣有趣的東西，是韓國製造的暖風扇，天氣涼了，買一部回去就大派用場。

　　來到街口的新國華，主要是賣肉食，美國牛、韓國牛、豬肉和韓式醃肉等，這店是最齊全的。韓國凍肉、海鮮等都可以在這裏買到，價錢都很合理。

　　另一間新世界韓國食品，也是我常來的，它是老牌子的雜貨舖，貨物應有盡有。

老牌子雜貨舖新世界韓國食品，貨物應有盡有。

除了即食麵，杯麵的種類也有不少。

韓國醬料種類繁多

　　炸醬麵由山東人帶到韓國之後，就成為韓國的「國食」了，他們當兵時也經常吃炸醬麵，從他們研發出不同種類的即食炸醬麵，就知道韓國人對它有多喜愛。

　　如果不買一大包的即食麵也有杯麵，加熱水等三分鐘就可以吃了，有很多種不同的口味，總有一款你喜歡。

　　你想到所有關於韓國的東西都能在這裏買到，有包裝得像牙膏的辣椒醬，吃拌飯的時候擠一點下去，

包裝得像牙膏的辣椒醬

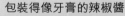

買辣椒粉回去自己煮，也可以煮成辣椒醬。

不辣的罐頭芝麻葉，怕辣的人不妨試試。

放滿各式飲品的冷藏櫃，另類品種甚多，這款米湯非常好喝。

韓國罐裝麻油

韓國紫菜，大包的沒有味道，要自己沾醬油；小包的加了味精和鹽，可以當作零食。

牛肉粥，買回去加熱就能吃了，方便又好吃。

風味一流。不然可以買辣椒粉回去自己煮，也可以把它煮成辣椒醬。我喜歡吃一種用芝麻葉做的罐頭，泡在醬油裏，夾一塊出來包着飯吃，不辣的，所以怕辣的人不妨試試。

放滿各式飲品的冷藏櫃，不同於坊間的超市或零食店，另類品種甚多，其中一款米湯，非常好喝，非常能代表韓國，很值得推薦。

韓國生產很多芝麻，所以他們的麻油是優質的，這裏的罐裝麻油，可以放心買，打開了以後澆在菜上，色香味俱全。

韓國人吃很多紫菜，大包的是沒有味道，要自己沾醬油；小包的就加了味精和鹽，小片的可以當作零食。

有時候沒甚麼胃口，早上想吃些粥，在這裏能夠買到一包包的牛肉粥，買回去加熱就能吃了，方便又好吃。

韓國人受到中國的影響，所以也愛吃水餃，自己

韓國人受到中國的影響，也愛吃水餃。

小籠包買回去蒸熟就可以吃了

包太麻煩，買冷藏的就簡單方便得多。放到熱水裏煮，煮的時候看到水沸騰就加半碗水，再沸騰時再加半碗水，再沸騰又再加半碗水，加了三次半碗的水，餃子就已煮熟了。小籠包買回去蒸熟就可以吃，同樣方便又美味。

韓國出產很多果汁，小包裝的倒在杯裏就可以直接飲用，非常便捷。覺得疲累的話，可以飲人蔘汁，很快就能恢復體力了。諾麗果是一種生長在太平洋，好像仙人掌的果實，它的果汁也是對身體有益處。

疫情下未能到韓國旅遊，逛一下尖沙嘴小首爾也收穫豐富。

花花世界——香港美食篇

韓國出產很多果汁

覺得疲累的話，可以飲人蔘汁，很快就能恢復體力。

諾麗果是一種生長在太平洋，好像仙人掌的果實，它的果汁對身體有益處。

BANCHAN

地址：尖沙嘴金巴利街 3D 號金利大廈地下

電話：2369 5076

網址：https://coreanmart.com/zh-hant/

新國華肉食公司

地址：尖沙嘴金巴利街 15 號地下

電話：2369 6183

網址：https://nkwmeat.com

新世界韓國食品

地址：尖沙嘴金巴利街 5 號地下

電話：2369 5074

網址：https://coreanmart.com/zh-hant/

穿梭韓國和馬來西亞
梨泰園及榴槤樂園

100% 韓國人主理的韓國餐廳梨泰園

說到韓國餐廳，有很多間我也喜歡和介紹過，但始終是尖沙嘴的梨泰園感覺舒適一點，因為我和老闆娘比較相熟。

吃韓國菜最有趣的就是拌菜，有很多不同的款式，以前份量和款式都很多。當今一個人有六款，兩個人就有十二款，人數越多款式就一直增多。款式可以多至一百種，一碗白飯加拌菜已經吃飽。這些拌菜是不收費的，點一道菜就會附送，如果有哪間餐廳要收費，那就不要再光顧了，不過在日本，多數的韓國餐廳都會就拌菜收費。

第一道菜是令人驚訝的「三合」，就是把三款食品合併一起吃，分別是醃得久一點的泡菜、切片的滷

吃韓國菜最有趣的就是拌菜，有很多不同的款式。

水豬肉和魔鬼魚。將新鮮魔鬼魚鋪滿稻草醃製，令細菌進入魚肉發酵，變成味道獨特的魔鬼魚，把它切成一片片，先一片魚肉，再各加一片豬肉和泡菜夾着一起吃，味道是非常古怪的，但當試過以後，接受了這獨特的風味，説不定會迷上吃上癮呢。那時我和周中在韓國拍戲，他説「你吃甚麼我就吃甚麼」，結果我點了這味魔鬼魚給他吃，他吃完差點升天走了。韓國人看到你懂吃這道菜，就當你是好朋友，它是很有特色的，值得再三推薦。

燉牛肋骨，一道非常好吃的牛肉菜式。

　　牛肋骨韓國人叫 Galbi，燉牛肋骨就叫做 Galbi Jjim，這是一道非常好吃的牛肉菜式，用白蘿蔔和紅蘿蔔一起燉。一般人是不會加八爪魚的，只有懂吃或老派的人才會這樣做，它的湯汁會吸收了各樣食材的精華，味道錯綜複雜，是具代表性的韓國菜。

　　生醃的醬油蟹，韓國人吃了幾百甚至幾千年都沒有問題，我當然就不怕。最好吃的就是蟹膏，把它放在蟹蓋裏，加入一些蒜頭，舀一點白飯攪拌均勻後一

起吃，美味到不得了，韓國人看到你這樣吃，會當你是兄弟。

吃飯怎能不飲酒，韓國人喜歡喝一種叫馬格利的米酒，它裝進瓶子後米渣沉澱在瓶底，韓國人不是拿着整枝來搖晃，而是把手肘放在瓶底敲擊，韓國人看到你這樣喝，就知道你是酒鬼。在夏天的正宗韓國喝酒方法，是把青瓜絲泡在度數很高的燒酒裏，喝一口，有很清新的青瓜味，非常消暑。

熱騰騰的牛雜鍋，材料很豐富，牛粉腸、牛大腸和牛肚等，嚐一口牛雜再喝一口湯，又辣又香又刺激，最後就吃已吸滿湯汁的烏冬，一定飽肚了。

我是麵痴來的，所以到最後都要吃一碗麵。辣醬拌冷麵，非常辣的辣椒醬，滿滿地澆在麵上，酸酸辣辣，煙煙韌韌，涼涼爽爽，很滿足。

光顧餐廳和老闆或老闆娘相熟是最好的，尤其是外國的餐廳，一定要和他們熟悉。梨泰園的老闆娘李

醬油蟹，最好吃的就是蟹膏。

韓國人喜歡喝的馬格利米酒

酸酸辣辣，煙煙韌韌，涼涼爽爽的辣醬拌冷麵。

熱騰騰的牛雜鍋，又辣又香又刺激。

榴槤樂園賣的榴槤非常正宗，每個月由馬來西亞直送的急凍榴槤，一個星期會運送兩三次，打開解凍後和新鮮的一模一樣。

太，有甚麼問題就問她，她在香港三十五年，廣東話說得很好，

她清楚記得我喜歡吃的，請她介紹錯不到哪裏去。

韓國菜雖沒甚麼甜品，但可以去附近那間我最喜歡的榴槤樂園吃甜品。他們賣的榴槤非常正宗，每個月由馬來西亞直送的急凍榴槤，一個星期會運送兩三次，打開解凍後和新鮮的一模一樣。

甜品白雪榴槤，要戴手套掰來吃，它像包子一樣

榴槤芝心撻有很重的榴
槤味，值得一試。

像包子一樣大的白雪榴
槤，要戴手套掰來吃。

造型精緻的榴槤奶凍很有彈性

大，將榴槤肉取出再擠進麻糬裏，全是新鮮榴槤，就
像在吃新鮮的一樣。

　　榴槤芝心撻有很重的榴槤味，值得一試。

　　造型精緻的榴槤奶凍很有彈性，濃濃的榴槤香很
滋味。

　　把草莓做成雪人的榴槤芝士蛋糕，同樣十分精緻，
很過癮吃不停口。

　　這麼多的榴槤甜品，當然不如原汁原味的 D197 貓

把草莓做成雪人的榴槤
芝士蛋糕，同樣十分精
緻，很過癮吃不停口。

山王榴槤，選了一個榴槤後，他們會打開給你即場享用，無與倫比至高享受。

　　這裏對喜歡吃榴槤的人來說會讚不絕口，因為這裏是他們的樂園。

梨泰園韓國餐廳

地址：尖沙嘴柯士甸路 18 號 A 僑豐大廈地下
電話：2375 0303

榴槤樂園

地址：尖沙嘴金巴利道 92 號地下
電話：9283 8108

即場享用原個 D197 貓山王榴槤，是無與倫比至高享受。

新派韓國素菜食府
土生花 Soil to Soul

新派韓國素菜食府土生花 Soil to Soul

香港有各種的餐廳，素食餐廳相對較少。以前寫了一本《未能食素》的書，我不是指完全不吃素菜，好吃的素菜我仍然會吃。

新派韓國素菜食府土生花，他們的菜式非常獨特，食材常採用木槿花，它不單十分漂亮而且味道也很好。

木槿花泡菜，上面是新鮮的木槿花，下面是特製泡菜。另一款就醃製成水泡菜，再加上木槿花，外觀美麗又好吃。

木槿花水泡菜，外觀美麗又好吃。

木槿花泡菜，上面是新鮮的木槿花，下面是特製泡菜。

韓式番茄拌麵，濃郁的
番茄味，很有滿足感。

甜酸酥炸菇菌，口感很
像咕嚕肉。

韓國自家製素菜炸醬麵，用
猴頭菇仿製出肉的效果，比
平常吃到的更濃味。

　　韓式番茄拌麵，湯汁調配得剛剛好，濃郁的番茄

味，很有滿足感，誰說素菜不好吃。

　　甜酸酥炸菇菌，口感很像咕嚕肉，調味方面很出

色，醬汁和調味料都是來自韓國的。

　　韓國自家製素菜炸醬麵，由韓籍大廚製作的韓式

風味，比起平常吃到的更濃味，用猴頭菇仿製出肉的

花花世界——香港美食篇

效果，拌勻才進食就更美味。韓戰結束後，他們的炸醬麵會放海參的，這道素菜版就改放菇菌，麵條很有嚼勁，我非常喜歡。

韓式素菜拌飯 Bibimbap，韓國人是湯不離飯，所以配大醬湯。Bibimbap 是韓國很有代表性的雜菜飯，這店做得更為細緻，我喜歡加上辣椒醬，把雜菜和飯攪拌在一起。

韓式雜菜辣炒年糕，愛看韓劇的人一定知道，就是街邊檔的那種辣炒年糕，當然是素菜來的。韓式年糕與中式年糕相比，口感沒有那麼堅實，與豬腸粉較為相似，是另外一種味道和口感，喜歡的人便會喜歡。這道菜挺辣，不能小看它，是非常刺激的。

韓式素菜拌飯配大醬湯

韓式雜菜辣炒年糕，韓式年糕與中式年糕相比，口感沒有那麼堅實。

韓國傳統米糕拼焦糖栗子

自家製純素班戟
配人蔘糖漿

紅棗玉桂糖水煮香梨

韓國米酒

花花世界——香港美食篇

　　甜品也有三款：傳統韓國米糕拼焦糖栗子、自家製純素班戟配人蔘糖漿，和紅棗肉桂糖水煮香梨，全部都加了木槿花襯托，賣相精緻漂亮，百吃不厭。

　　素菜只要做得好吃就能突圍而出，四十七歲的韓籍行政主廚貝辰光，已有二十八年廚藝經驗，他做出來的菜式是天然風味的綠色概念，新派的素菜，值得支持。

土生花 Soil to Soul

地址：尖沙嘴梳士巴利道 18 號 K11 Musea 7 樓 704 號舖
電話：2389 9588
網址：https://www.soiltosoulhk.com

開業半世紀的韓國餐廳
阿里朗

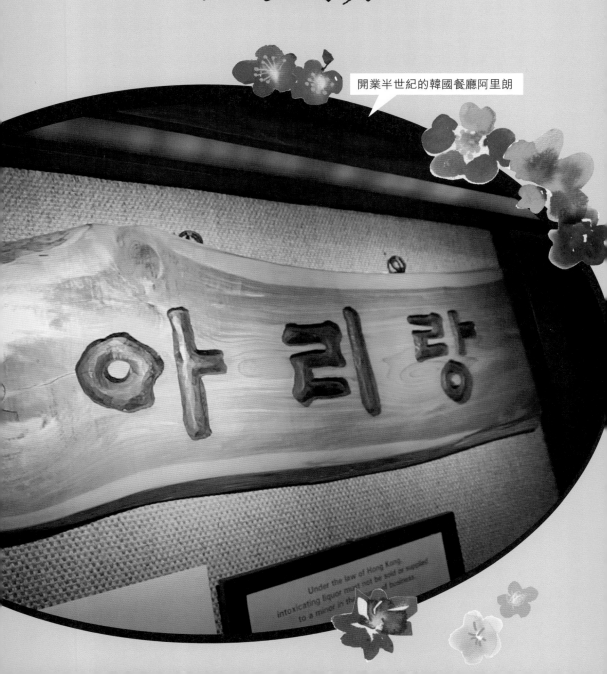

開業半世紀的韓國餐廳阿里朗

近來不知是否觀看太多韓劇，無論如何都很想吃韓國菜。

阿里朗可能是全香港韓國餐廳的始祖，從 1964 年開業至今。當年他們引入韓國燒烤，令到一段時間內，香港人對韓國菜的印象，都只有泡菜和燒烤。

其實韓國菜是有很多變化的，點餐伴隨的小菜稱為拌菜（Banchan），看這些拌菜好吃與否，便知道一間餐廳的水平，阿里朗的涼拌蘿蔔絲爽口清甜，我十分欣賞。

拌菜好吃與否，便知道這間餐廳的水平。

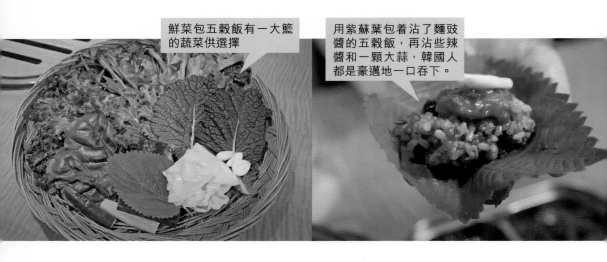

鮮菜包五穀飯有一大籃的蔬菜供選擇

用紫蘇葉包着沾了麵豉醬的五穀飯,再沾些辣醬和一顆大蒜,韓國人都是豪邁地一口吞下。

　　有些朋友是素食者,來到這裏也不用發愁,鮮菜包五穀飯有一大籃的蔬菜供選擇。用香港人稱為芝麻葉的紫蘇葉,包着沾了麵豉醬的五穀飯,再沾些辣醬和一顆大蒜;看韓國影視作品,他們都是豪邁地一口吞下,我就做不了,要分成兩口,細嚐五穀飯的風味。

　　早前曾說過老人家,很喜歡吃啫喱狀的東西,用橡子（Acorn）做出來的果凍,酸酸甜甜,很適合在夏天享用。

橡子果凍酸酸甜甜,很適合夏天享用。

挺特別的人蔘天婦羅

　　用來做日式天婦羅的材料有很多種，這裏用上人蔘是韓式風味，趁熱沾些醬汁來吃，挺特別的，不妨一試。

　　韓國人每當喝醉時要減輕宿醉，就會喝雪濃湯（Seollongtang）。我點了牛肉雪濃湯，泛着細雪般的乳白色。奇怪的是他們煲整鍋湯，卻不會加調味品，在上桌後才讓客人自行加葱或鹽，我喜歡下大量的葱花，喝一口鮮味濃湯就能解宿醉，味道溫和濃郁很有效。

能解宿醉雪濃湯，泛着細雪般的乳白色。

韓國的鰻魚肥美厚肉

牛肋骨加入了八爪魚
增添鮮味

我非常喜歡吃鰻魚，而韓國的鰻魚很肥美厚肉，韓國人喜歡用剪刀來處理鰻魚，沾着醬料來吃真滋味。

阿里朗的炆牛肋骨，具典型韓國菜特色兼做得非常好。拿掉了骨頭部份的一大塊牛肋骨，肉已煮得很軟腍，口感一點也不硬。跟香港其他的韓國餐廳不同，這道菜他們加入八爪魚增添了鮮味，這是我非常喜歡的一道韓國菜，叫炆八爪魚牛肋骨煲（GahlNak Tahng）。

吸了湯汁精華的蘿蔔、栗子和銀杏，吃起來很美味，把湯汁澆在飯上或直接喝下同樣鮮甜。

辣雜景拌蕎麥麵，配簡單的材料蘿蔔、青瓜和雞蛋，味道雖辛辣但百吃不厭。

花花世界——香港美食篇

　　誰說韓國菜沒有變化，其實是變化萬千的，只看我們懂不懂得叫來吃，我點的菜跟一般人很多時都不一樣。

　　韓國整個國家的人不停地努力，不斷改進食物質素尋求變化。你去到超市會發現，愈來愈多韓國飲品發售，這是以前見不到的；說句難聽是攻入你的市場，但也要消費者肯接受才會成事。當今有很多韓國文化已慢慢滲入我們的生活中，我很喜歡韓國，也很喜歡韓國的食物，當然最好能娶到幾個韓國妻子，哈哈哈。

阿里朗

地址：香港灣仔軒尼詩道 314-324 號 W Square 3 樓
電話：2506 3298
網址：https://www.arirang.com.hk/zh

辣雜景拌蕎麥麵，味道雖辛辣但百吃不厭。

尋味東南亞

正宗家鄉味道的 Laksa
加東叻沙蝦麵

每次來加東，總有回到家鄉的感覺。

叻沙（Laksa）是新加坡的小吃，當今很多食店都在賣叻沙，我們一看便知道是否正宗；主要是看有沒有加蟳蚶，如果沒有蟳蚶的就是不正宗的了。

十多年前，我第一次來加東吃叻沙，味道挺不錯但是沒有蟳蚶，老闆說因為很難找到，我說泰國和潮州雜貨店都有，只要你用心去找便可以找到，結果加東便很用心的，做出很正宗的叻沙。

當今他們的蟳蚶從泰國空運回來，然後立即急凍保持新鮮。每一粒蟳蚶都經人手生拆起肉，就算弄到大拇指指甲破損也繼續堅持，只為滿足客人的要求；客人覺得太好吃，不斷地添加，有些客人甚至加到五、六份呢。

加了蟳蚶的叻沙才是正宗的

乾撈蝦麵放了豬油一起攪拌，再撒很多豬油渣，每一啖都吃到豬油的香味。

除了加蜆蚧是正宗外，叻沙的湯必定要有椰漿，但秘訣是不可煮，椰漿煮了會變酸，椰油也會流走。蘸由蝦米磨碎而成的參巴辣椒醬（Sambal），再撒上叻沙葉，嚐一口，新加坡的味道便回來了。

　　加東的蝦麵是經過改良，湯和麵分開的。他們的乾撈蝦麵放了豬油一起攪拌，再把很多豬油渣撒在麵上，每一啖都吃到豬油的香味；吃麵後再喝蝦湯，味道十分濃郁，一流。

　　新加坡和馬來西亞的沙嗲串燒比較細小，泰國和印尼的才是大串。串燒越大，燒烤就越費時，所以好吃的串燒是小串的，可以慢慢燒，配上惹味的醬汁，能讓人吃個不停。

新加坡和馬來西亞的
沙嗲串燒比較細小

肉骨茶較像馬來西亞風味，湯汁顏色較黑是使用了黑醬油，味道很有層次。

咖央醬和牛油是夾在麵包中間，比坊間的好吃得多。

　　加東的肉骨茶較像馬來西亞風味，湯汁顏色較黑是使用了黑醬油，味道很有層次，值得一試。

　　老闆娘親自製作的咖央（Kaya）多士，咖央醬和牛油是夾在麵包中間，不是搽在上面，比坊間的好吃得多。

　　老闆娘 Cherry 認為香港有很多新加坡人，便想給他們吃到家鄉菜，就像香港人去外國時，尋求喝茶吃點心的感覺，所以這麼多年來，他們都很用心去做各種的食物。我每次到加東來，也真是有回到家鄉的感覺。

加東叻沙蝦麵

地址：上環孖沙街 8 號地下
電話：2543 4008

新加坡美饌
CaN LaH

新派的星馬餐廳 CaN LaH

說到南洋菜，香港人的印象會想到馬來西亞、新加坡等地方。

以前開的多數是東亞或東南亞咖啡室，檔次似乎相對較低。當大家愈來愈進步，生活愈來愈好，當今開的新加坡餐廳環境已經很優越。

不止韓國菜有拌菜，星馬菜也有，他們的拌菜有娘惹阿渣（Nyonya Achar）。娘惹是指華人與東南亞土著婚後所生的後裔，他們説馬拉話的。

娘惹拌菜阿渣的材料有黃瓜、菠蘿和紅蘿蔔等，多放一些紫蘇葉，便會顯得高級一點。

CaN LaH 的行政總廚張偉忠來自新加坡，典型的黑胡椒炒蟹由他親自操刀。

黑胡椒一定要用遠近馳名沙巴砂勝越的，肉蟹就採用肥美的越南鈎蟹。烹調方式是大火深燜，不會拖油和高溫油炸，深燜可以令到醬汁融入蟹身，過程中

環境優越

娘惹拌菜阿渣的材料有黃瓜、菠蘿和紅蘿蔔等，放了紫蘇葉顯得更高級。

黑胡椒炒蟹惹味到極

用牛油和黑胡椒，由生炒至完全熟透。

大火深燜，不會拖油和高溫油炸。

深燜可以令到醬汁溶入蟹身

加入牛油一起燜焗，最後步驟是加入麻油，增加香味和鑊氣。

CaN LaH 的黑胡椒炒蟹做到色香味俱全，就是利用牛油和黑胡椒，由生炒至完全熟透，這樣才惹味到極。

牛肉、雞肉和豬肉組成的馬來沙嗲串燒三拼，醬汁味道挺正宗。

黑胡椒一定要用遠近馳名沙巴砂勝越的，肉蟹就採用肥美的越南鈎蟹。

牛肉、雞肉和豬肉組成的馬來沙嗲串燒三拼

味道正宗的沙嗲醬汁

蝦米辣江魚仔炒臭豆，可能正因被稱為臭豆，反而引起了人們的好奇心去試食。臭豆是臭的嗎？其實一點都不臭，只是味道有些奇怪，所以吃不慣的人稱之為臭豆，而好奇心令它成名了。

一般馬來西亞的早餐 Nasi Lemak（辣死你媽）都是有搭配江魚仔。幸好當今還可以抓捕到新鮮的江魚仔，能吃到牠的鮮甜味；而蝦米已經很少是野生的，沒有以前的甜味了。

另一道菜海濱魚頭煲即咖喱魚頭。首先拿魚頭魚尾去蒸幾分鐘，再把茄子、秋葵、豆角去拖油，然後煮香咖喱醬再加入水和椰奶，此時放入蔬菜提高甜味。

蝦米辣江魚仔炒臭豆，臭豆其實一點都不臭，只是味道有些奇怪；新鮮抓捕的江魚仔，能吃到牠的鮮甜味。

海濱魚頭煲即咖喱魚頭

把茄子、秋葵、豆角拖油。

煮香咖喱醬再加入水和椰奶，然後放入蔬菜提高甜味。

咖喱魚頭是挑選海濱魚頭，魚頭必需是新鮮，最後加上鮮炸腐竹。

先吃魚的臉頰肉，肉質鮮嫩，醬汁雖相對街邊檔的小販較為清淡，但味道是很好的。

檳城海鮮鴨蛋炒貴刁，貴刁炒得最好是馬來西亞

咖喱魚頭是挑選新鮮的魚頭

加鮮炸腐竹

先吃魚的臉頰肉，肉質鮮嫩

的檳城人，新加坡的街邊檔也不錯。CaN LaH 把這種便宜食物也做得很好吃，如果豬油渣再放多一點就更出色了。非常值得來吃這裏的炒貴刁，我十分欣賞，大力推薦。

檳城海鮮鴨蛋炒貴刁，非常值得來吃。

甜品摩摩喳喳的名字惹人遐想，裏面有椰汁、西米和口感很特別的水椰子，一粒粒爆珠般，有點像分子料理，跟一般的摩摩喳喳不同。

星洲花生紅豆冰，也算是新加坡特色甜品之一。小時候的紅豆冰，是用刨冰機刨成一碗份量，放些紅豆在中間，然後把它捏成球狀，再放一些糖漿在外層就拿來吃，當今紅豆冰已演變得愈來愈精緻了。這個紅豆冰，有花生、涼粉和粟米，材料很豐富。

別再說香港沒有高級的新加坡菜，大家可以來CaN LaH，食物和環境挺好的。

CaN LaH
地址：香港中環國際金融中心商場 3 樓 3075 號舖
電話：2802 9788
網址：https://ifc.com.hk/en/mall/shop/can-lah/

材料豐富的星洲花生紅豆冰，有花生、涼粉和粟米等。

摩摩喳喳，有椰汁、西米和口感很特別的水椰子。

羊迷專屬

當大羊痴遇上羊肉
東來順

位於尖沙嘴帝苑酒店的東來順

東來順

DONG LAI SHUN
BEIJING CUISINE

我是最喜歡吃羊肉的，覺得羊最有個性，只有喜歡或討厭，沒有中間路線，不會一半一半的。我最喜歡這種愛恨分明，對女人亦一樣。

每當天氣轉涼，香港人就會想到羊腩煲。這道具有香港特色的菜式，最好吃的不是羊的肉，而是皮，所以通常是用山羊肉而不是綿羊肉，綿羊肉的味道是更加濃重的。香港人吃羊腩煲會配腐乳加一點辣椒絲，吃到最後再加些青菜，青菜吸收了羊腩煲的精華，所以比羊肉更好吃。廣東人吃羊腩煲愛加馬蹄和枝竹，再加一塊薑驅寒是廣東人的智慧。

廣東人吃羊腩煲愛加馬蹄和枝竹，再加一塊薑驅寒是廣東人的智慧。

吃北京涮羊肉最有趣的地方，就是可以自己調醬料。

杜泊羊上腦

像放了一頭羊在枱上，滿滿一桌吃個開懷。

　　吃了港式的羊肉，輪到北京涮羊肉，這火鍋名字很難讀，不懂的人會讀成「刷」羊肉，因為很像刷字，其實應該讀汕頭的汕，記住這個讀音，以後就不會被嘲笑了。此外涮的意思就是把肉放到鍋中灼，然後數「一、二、三」後撈起，這就是涮。

　　吃北京涮羊肉最有趣的地方，就是可以自己調醬料。我覺得吃涮羊肉應該要原汁原味。羊肉各部位源源不絕地出場，分別有：杜泊羊上腦、太陽卷即後頸

羊肉餃子是我的至愛之一，比一般餃子更好吃。

第二節位置、加鈣羊肉是裏面有羊的軟骨、羊腰窩是羊的肚腩、嫩滑的羊肉胚是用羊的五個部位壓榨而成，像放了一頭羊在枱上，滿滿一桌吃個開懷。

羊肉餃子是我的至愛之一，可以不加醋和醬油也吃得滋味，這裏賣的比一般餃子更好吃。

窩塌羊肉，是把羊肉沾上蛋漿再拿去煎香，雖沒有太濃的羊味但味道還是不錯的。

酥脆的松仁羊方，在羊腰窩上放雞肉鋪松仁，然後炸至香脆，那些肥肉很甘香，不需再蘸淮鹽和孜然粉已風味十足。

窩塌羊肉，是把羊肉沾上蛋漿再拿去煎香。

酥脆的松仁羊方，在羊腰窩上放雞肉鋪松仁，然後炸至香脆。

羊肉兩面黃,京葱和羊肉的味道被麵條吸收了,但炸過的麵條卻仍香脆亦不油膩。

喝一口羊雜湯,全身暖洋洋很舒服。

京葱羊肉拉麵,我會先喝一口湯嚐鮮味後才吃麵。

另一道羊肉兩面黃,京葱和羊肉的味道被麵條吸收了,但炸過的麵條卻仍香脆亦不油膩。

喝一口羊雜湯,全身暖洋洋很舒服。

甜品是造型精緻的香酥菠蘿和蘋果酥。我很多東西都吃,就是不吃菠蘿。小時候我由新加坡坐車到馬來西亞玩,看見一望無際的菠蘿田,農夫把剛收成的菠蘿堆在路邊,任人隨便拿來吃沒人看管的,我沒有刀切開,就選個最熟的扔到地上,扔碎後就不停地吃果肉,吃個不亦樂乎,突然朋友驚訝地說我滿嘴鮮血,原來我被菠蘿的粗纖維割傷了口腔。那次經歷成為我

花花世界——香港美食篇

的童年陰影，所以我一向也不多吃菠蘿。

　　菠蘿可以不吃，大羊痴遇上羊肉，無羊不歡，吾愛也。

東來順

地址：尖沙嘴東部麼地道 69 號帝苑酒店地庫 2 層

電話：2721 5215

網址：https://www.rghk.com.hk/hk/dining/dong-lai-shun.php

甜品是造型精緻的香酥菠蘿和蘋果酥

正宗原汁原味羊肉
巴依餐廳

很有異國情懷的巴依餐廳

很多人以為我介紹的餐廳都是很昂貴的，在香港大學附近有一間專吃羊肉，很有異國情懷的巴依餐廳，價錢很相宜，吸引很多大學生光顧。

吃羊肉是要到這種具新疆特色，最原汁原味的羊肉餐廳，香港甚麼美食都有，連這些最正宗的羊肉也不例外。

吃羊肉最好的不是烤全羊或其他的，最好吃的就是手抓羊。手抓羊的意思不是指用手拿着吃，是指把羊最好吃的部位拿去白焓，肥瘦適中羊脂飽滿很嫩滑。懂吃羊的人不會稱之為羶味，會叫羊香味。沒有這種羊香味，還吃羊肉做甚麼呢，不如去吃雞。

烤全羊的精華是它的皮，羊肉加了香料再拿去烤很鮮嫩惹味，喜歡吃孜然粉的人會蘸它來吃，不喜歡

> 手抓羊的意思不是指用手拿着吃，是指把羊最好吃的部位拿去白焓，肥瘦適中羊脂飽滿很嫩滑。

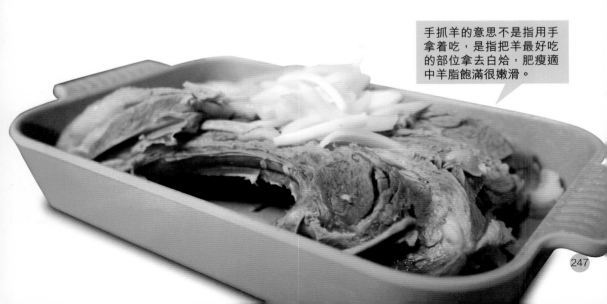

烤全羊的精華是它的皮，羊肉加了香料再拿去烤很鮮嫩惹味，喜歡吃孜然粉的人會蘸它來吃，不喜歡的人就覺得孜然像腋下的汗臭味。

的人就覺得孜然像腋下的汗臭味。

羊油融到飯中的手抓飯，熱騰騰香噴噴很有風味。

我可以很豪氣地吃整整一大串的烤羊肉串，很有嚼勁又可口。

來到巴依一定要喝清炖羊肉湯，十分鮮甜。

風味羊排是酥炸的，一咬，會聽到它「喀嚓喀嚓」的鬆脆聲，天下美味。

羊油融到飯中的手抓飯，熱騰騰香噴噴很有風味。

花花世界——香港美食篇

一大串的烤羊肉串，很有嚼勁又可口。

來到巴依一定要喝清炖羊肉湯，十分鮮甜。

酥炸的風味羊排，一咬，會聽到它「喀嚓喀嚓」的鬆脆聲，天下美味。

自家製的地道新疆酸奶，酸酸甜甜很香濃好喝。

羊肉丸子湯有菇菌和木耳等，丸子鬆化，粉條吸了湯汁，味道一流。

　　自家製的地道新疆酸奶，酸酸甜甜很香濃，很好喝。

　　羊肉丸子湯有菇菌和木耳等，丸子鬆化，粉條吸了湯汁，味道一流。

　　甜品是杏仁羊奶凍，口感充滿彈性，但羊味沒想像中那麼濃烈，適合在吃完濃味的食物後飲用。

　　羊痴的我一吃就愛上巴依，可以一年三百六十五

花花世界——香港美食篇

新疆著名的大盤雞,同樣做得出色。

天,天天都在這裏吃羊肉,百吃不厭。除了羊,多元化的選擇還有新疆著名的大盤雞,同樣做得出色。

老闆娘是香港女子卓小莉,她到了新疆旅行,在巴依這地方碰到年輕人馬天鹿,老闆娘笑說是她搶了他這個老公回來,然後一起回到香港,開了這間很正宗的羊肉餐廳,所以,我們才有口福,吃到這麼好的東西。真幸福。

巴依餐廳

地址:西營盤水街 43 號地下
電話:2484 9981

杏仁羊奶凍,適合在吃完濃味的食物後作甜品。

肉汁四濺的牛肉餅
清真牛肉館

始創於 1950 年的清真牛肉館
是九龍城地標之一

九龍城的地標之一——清真牛肉館，乘港鐵到宋皇臺站的 B3 出口就能前往。

清真牛肉館始創於 1950 年，從七十年代起，我在尖沙嘴寶勒巷那些窄巷一直光顧至今。

全香港只剩下這一間，以前還有一間是前員工出外另起爐灶，連店名都相同，但水準差天共地。早前龍崗道的店也結業了，如今他們專注經營打鼓嶺道的這間老店。

把鎮店之寶牛肉餅從中間撕開，肉汁馬上高速噴射，濺得滿身滿手都是；別以為肉汁已全流失，啖之仍然汁液充盈，這就是清真牛肉餅的特色和厲害之處。

鎮店之寶牛肉餅從中間撕開，肉汁馬上高速噴射，啖之仍然汁液充盈，這就是清真牛肉餅的特色和厲害之處。

牛三拼，有牛肚、牛脹和牛筋。本是私房菜，但親戚朋友吃過均讚不絕口，結果推出市場後頗受客人歡迎。

招牌菜咖喱羊腩，香氣撲鼻燜得相當軟腍，每一口都是連骨帶肉旁邊有羊筋。

葱油餅下了大量的葱，沾上咖喱汁比配飯更好吃。

京燒羊腩，外皮炸得酥脆，沾秘製的醬汁吃更是一流。

不想弄得狼狽，就把牛肉餅放到碗內，咬一小洞口把肉汁吸出來喝掉，這樣吃法就最安全也滋味無窮。

老闆娘馬太推薦的牛三拼，有牛肚、牛臉和牛筋。牛筋的製法很獨特，把很多筋疊在一起再剪開，這時牛筋的一個圈就是一條筋，已不單止是「籐孖筋」，是籐很多條筋。沾他們秘製的醬汁來吃，會發現和坊間的不同，馬太是回教徒，醬汁都是自己調配的。這道含豐富骨膠原的牛三拼本是私房菜，但親戚朋友吃過均讚不絕口，建議要推出市場，結果賣出名堂很受客人歡迎。

喜歡吃羊肉的人有福了，羊肉是香的不是羶的，不懂吃的人才說有羊羶，懂得吃的人便說是羊香。另一道招牌菜咖喱羊腩，香氣撲鼻燜得相當軟腍，每一口都是連骨帶肉旁邊有羊筋。配葱油餅吃是一絕，他們的葱油餅會下大量的葱，沾上咖喱汁比配飯更好吃。

只有一款羊肉菜式是不夠的，接下來是京燒羊腩，外皮炸得酥脆，沾秘製的醬汁吃更是一流。

水煮羊肉做法，不像新疆或蒙古，較偏向四川式，顏色紅彤彤的挺辣。

　　他們的水煮羊肉做法，不像新疆或蒙古，較偏向四川式，顏色紅彤彤的挺辣。

　　通常吃羊肉的地方，無論有多少款羊肉給你點，最後都喜歡吃一道羊肉水餃，但是這間店不賣羊肉水餃，他們賣羊肉小籠包，比羊肉水餃更好吃，而且夠燙口，吃小籠包要燙口才美味。

　　就算已經很飽了，但這裏著名的甜品高力豆沙怎能錯過，那是用蛋白打起泡，再加麵粉去油炸，餡料的豆沙很幼滑，外皮就煙韌。

　　「清真」一詞是阿拉伯語，在非穆斯林國家的語

境，泛指符合宗教規範的食物。食材先經過祈禱祝福，到屠宰的時候要放血讓血液流乾，不能污染其他東西；對於不明來歷的食材，不知道是病死還是其他原因，都不能拿來烹調，食材都有合規格的證書。在這裏吃的清真食物，可以令人放心。

清真牛肉館

地址：九龍城打鼓嶺道 33-35 號順景樓地下
電話：2382 1882

清真牛肉館不賣羊肉水餃，只賣羊肉小籠包。

高力豆沙外皮煙韌，餡料的豆沙很幼滑。

甜，來一點甜！

遠近馳名的元朗甜品店
佳記甜品 B 仔涼粉

佳記甜品首創 B 仔涼粉

長途跋涉來到元朗，當然要試試這裏遠近馳名的 B 仔涼粉。

他們最有代表性的就是涼粉，有很多不同的種類：蒟蒻、芒果和水果啫喱涼粉等。

紅豆冰涼粉味道挺好，但是我始終喜歡朋友在九龍城開的義香荳腐店出品的涼粉，每次經過都會買一碗來吃。

必吃的招牌 B 仔涼粉，一大盤甚麼水果都有，適合喜歡吃水果的人。

佳記最有代表性的就是涼粉，有很多不同的種類：蒟蒻、芒果和水果啫喱涼粉等。

紅豆冰涼粉

榴槤布甸，榴槤味道十足。

傳統糖水馬蹄露，加了桂花點綴，口感很清新。

　　招牌 B 仔涼粉是來光顧的人必吃的，一大盤甚麼水果都有，適合喜歡吃水果的人，或者幾個朋友可以一邊吃一邊聊天，是好友間一個分享美食的方法。店長 Cody 建議食法一定是先吃外層，先把水果夾到自己的碗裏；吃完外層水果後，加花奶跟涼粉攪拌後一起吃。

　　喜歡吃榴槤的朋友，可以點榴槤布甸，榴槤味道十足。

　　不喜歡吃新派甜品的話，也有傳統糖水馬蹄露，加了些桂花點綴，口感很清新。

　　他們的燉蛋，香滑又蛋味十足。另一款甜品杏仁豆腐是硬身的，猜想是加了蒟蒻，煙煙韌韌很好吃。

　　想起一些關於糖水的小故事，當年在邵氏工作時，邵逸夫先生跟我說；如果經營生意的話，建議開糖水店，因為糖水店只用很少材料就可以煮成很多份量。做烘焙的話，是把材料弄成小份的，把大份的縮小去

出售，利潤相對不會太多，但糖水店就是把小份的變大，盈利就會理想。

以前我朋友經營了一間很著名的糖水店「糖朝」，我看過他們的賬簿，原來他們賣鹹點比甜點有更好的利潤。當你吃得太多甜品，也要吃一些鹹點。此外我建議他們用木桶來賣豆腐花，因為小時候吃的豆腐花，就是從木桶拿出來，後來他們果然訂造了小木桶，讓客人一片片自己舀來吃，結果這個木桶豆腐花很受歡迎，賺了很多錢。

佳記的食物價格都很便宜，既然長途跋涉來到，就把所有食物都叫來吃吧，會很滿足的，滿足程度比吃一頓飯更高。

佳記甜品

地址：新界元朗教育路大坑渠側

電話：2479 4708

追求無添加新鮮麵包
的烘焙工房
bread secret

很喜歡烘焙 Queenie Lau 創辦了
bread secret

bread secret 是由一個年輕人 Queenie Lau 創辦的，我介紹了一些好師傅讓她去學習，看着她做出來的作品愈來愈好，成功起步，我倍感高興。

Queenie 很喜歡烘焙，她跟我分享創辦 bread secret 的原因，因為她是一名媽媽，希望小朋友可以安心地吃得健康，當今她透過店舖分享自己的成品，讓大家吃得健康也買得安心，是一件令她開心的事情。她的產品特別健康，是因為她沒有添加不健康的化學材料，但會用一些技巧手法令麵包弄得更加好吃、更加鬆軟，令小朋友吃得更開心。

店裏製作麵包的機器應有盡有，其中一邊有兩個大雪櫃、發酵箱、焗爐，還有一個方便工作使用的小雪櫃，在另一邊有兩部揉麵機，一部做蛋糕、一部做麵包，還有一部壓麵機用來做 Croissant 可頌。

我第一款嚐試的麵包是鹽可頌，分為原味鹽可頌和鰻魚鹽可頌。鹽可頌跟法國傳統的可頌有點不同，有點像香港人很喜歡吃的豬仔包，外脆內軟，表面灑

鹽可頌跟法國傳統的可頌有點不同，有點像香港人很喜歡吃的豬仔包。

上了海鹽。這個麵包除了底層和外皮酥脆，內心也相當柔軟。除了原味鹽可頌，Queenie 也改良了鹽可頌的做法，做成另一種口味，放一些 Anchovy，即是「鬼佬鹹魚」。加上鯷魚的鹽可頌能令到麵包有鹹香的回味，還帶一點回甘的香味，很特別。

除了以上兩款口味的鹽可頌，用我監製的鹹魚醬做成的鹹魚醬鹽可頌效果也十分出色，跟鯷魚鹽可頌比較，雖然兩者做法相似，但味道卻是截然不同。鯷魚鹽可頌是淡淡的清幽味，而鹹魚醬鹽可頌則帶有很香的葱油味和鹹魚味，鹹得甘香好吃到不得了。麵包

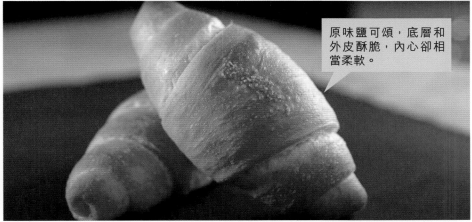

原味鹽可頌，底層和外皮酥脆，內心卻相當柔軟。

加上鯷魚的鹽可頌，令到麵包有鹹香的回味。

用我監製的鹹魚醬做成的鹹魚醬鹽可頌，效果十分出色。

出爐後的生吐司很柔
軟，軟綿綿又有奶香。

等雖是西式糕餅，但我們是中國人，做中國的市場，不能忘記「中」式特色，配合中國的鹹魚、香葱等等，也可以結合得很出色，不用那麼單調。

說到鹹魚醬，我的鹹魚醬用了最上等的馬友，一聞便知道。之前給我海外的朋友吃，吃得他們很感動，因為有家鄉的感覺。

如果你不喜歡吃麵包的話，不妨試一下這裏的生吐司。Queenie 在沖繩試過生吐司後，便覺得它的口感與坊間的很不同，對它的鬆軟和香濃念念不忘，決定要學好如何製作。

出爐後的生吐司很柔軟，口感和保濕度都很好，被形容為連麵包皮也可以吃的，軟綿綿又有奶香，進食時可以手撕，也可以刀切，吃起來有一絲絲的感覺。它看似是白麵包但口感像蛋糕，因為生吐司是用忌廉和鮮奶做的，所以成本相對較高。

Queenie 的九十歲祖母，每晚都會放份生吐司在

床邊，凌晨起床吃兩口就能馬上睡着，飽肚安神似有安眠藥作用真是有趣。

加了合桃的方包口感並不單調，用手撕開十分軟腍。除了合桃，還可以配其他乾果和桂圓，或者配葡萄乾添加甜味。麵包的質地鬆軟綿密，會越吃越上癮。

期間限定的兩款糕餅也十分出色。肉桂卷軟腍得有蛋糕的口感，糖份和肉桂的比例配方，經 Queenie 調整後不太甜膩，帶幽幽繚繞的肉桂和忌廉這兩種香味。

榛子條和茶是絕配，特別之處是加了原粒榛子，口感變得鬆脆和香濃。原粒的榛子令到榛子條底部很鬆軟，但咬到它時又會「咯」一聲，形成強烈的對比。這榛子條當小吃或者餅乾都可以，雖然都是又香又鬆化的口感，但跟我摯愛的椰子薄脆又是不同的感覺。

對想嚐試 bread secret 的麵包客人來說，不想來到店舖就只剩下一至兩款麵包選擇的話，建議先上網

預訂或者 WhatsApp 預留貨品，就不怕「摸門釘」了。

客人有興趣的話，也可以聯繫 Queenie 學習。如果我是家庭主婦的話，一定會來這裏學習一下，親手做麵包給子女吃。

bread secret

地址：香港火炭坳背灣街 14-24 號金豪工業大廈一期 6
　　　樓 Q 室

電話：5612 5381

網址：https://www.breadsecret.com

www.cosmosbooks.com.hk

書　　名	蔡瀾花花世界——香港美食篇
作　　者	蔡　瀾
封面及內文插畫	蘇美璐
責任編輯	吳惠芬
美術編輯	郭志民
文字整理	吳惠芬　龍俊榮　吳穎瑜
出　　版	天地圖書有限公司
	香港黃竹坑道46號新興工業大廈11樓（總寫字樓）
	電話：2528 3671　傳真：2865 2609
	香港灣仔莊士敦道30號地庫（門市部）
	電話：2865 0708　傳真：2861 1541
印　　刷	亨泰印刷有限公司
	香港柴灣利眾街德景工業大廈10字樓
	電話：2896 3687　傳真：2558 1902
發　　行	聯合新零售（香港）有限公司
	香港新界荃灣德士古道220-248號荃灣工業中心16樓
	電話：2150 2100　傳真：2407 3062
初版日期	2023年1月